LES NOCES FABULEUSES DU POLONAIS

DU MÊME AUTEUR

Aux Éditions Julliard

Les Dents du topographe, roman, 1996,
prix Découverte Albert-Camus
De quel amour blessé, roman, 1998,
prix Méditerranée des lycéens
Méfiez-vous des parachutistes, roman, 1999
Le Maboul, nouvelles, 2001
La Fin tragique de Philomène Tralala, roman, 2003
Tu n'as rien compris à Hassan II, nouvelles, 2004,
Grand Prix de la nouvelle
de la Société des gens de lettres
La Femme la plus riche du Yorkshire, roman, 2008
Le Jour où Malika ne s'est pas mariée,
nouvelles, 2009
Une année chez les Français, roman, 2010,
prix du Meilleur Roman francophone ; prix de l'Algue d'or ; mention spéciale du prix Métis ; prix de l'Association des écrivains francophones (ADELF)
La Vieille Dame du riad, roman, 2011
L'Étrange Affaire du pantalon de Dassoukine,
nouvelles, 2012, prix Goncourt de la nouvelle 2013
Les Tribulations du dernier Sijilmassi, roman, 2014,
grand prix Jean-Giono

Aux Éditions Robert Laffont

De l'islamisme : une réfutation personnelle du totalitarisme religieux, 2006 ; 2015

Chez d'autres éditeurs

Chroniques des temps raisonnables, Éditions Emina Soleil/Tarik, 2003
Le Drame linguistique marocain, essai, Zellige, 2011

FOUAD LAROUI

LES NOCES FABULEUSES DU POLONAIS

nouvelles

Julliard

ISBN 978-2-260-02450-7

Les noces fabuleuses du Polonais

Je l'ai bien connu, le Polonais. C'était un brave type, souriant, pas très grand, un peu gros, un peu pataud, le poil blond et les yeux bleus, des yeux toujours écarquillés, comme s'il était plongé dans un perpétuel étonnement, comme si le monde recelait en son sein une infinité de mystères – un mystère apparaissait et puis s'évaporait, et naissait le suivant ; et lui, notre homme, passait de l'un à l'autre, jamais lassé, jamais blasé, ravi.

Oui, je l'ai bien connu, le Polonais. Il était dentiste. J'étais ingénieur. Nous travaillions, à Khouribga, au Maroc, pour la même entreprise : *l'Office*. J'y dirigeais une gigantesque mine de phosphates (la plus grande du monde, avions-nous l'habitude de dire au visiteur ébahi ; mais, après tout, nous n'avions pas été voir du côté des Chinois, il y avait peut-être encore plus grand là-bas).

Le Polonais s'occupait de notre dentition, ainsi que de celle de nos ouvriers et de nos contremaîtres

– et, par extension, des dents de la ville entière, si j'ose dire, chacun étant bien capable de trouver, s'il le fallait, un lien de parenté avec un ouvrier ou un contremaître, ou même avec un ingénieur complaisant. Moyennant quoi chacun pouvait se présenter en consultation chez le Polonais, larmoyant, la main posée sur la joue, un rictus douloureux signifiant : « Soigne-moi ! » Il soignait tout le monde. Il le faisait avec une rare dextérité, ce qui surprenait chez un bonhomme en apparence aussi balourd.

Qu'est-ce qu'un enfant de la Vistule pouvait bien faire sur le plateau aride des Oulad Abdoune[1], où ne coulait aucune rivière, où il ne pleuvait qu'une année sur trois ? En ces temps-là, dans les années quatre-vingt du siècle dernier, le lointain gouvernement de Varsovie avait besoin de devises, le nôtre de médecins et de dentistes. On s'approcha, on se parla. On s'écrivit peut-être. Je ne sais pas comment se font ces choses. Un accord de coopération fut en tout cas signé entre les deux gouvernements ; et, en conséquence, nous vîmes un beau jour arriver sur le plateau un groupe de Polonais, certains l'air méfiant, d'autres curieux ou conquérants, tous bien décidés à prendre soin de notre petite santé, que cela nous plût on non.

Cela nous plut. Ils étaient compétents, les Polonais ; efficaces ; placides ; et très discrets.

---

1. Ou « plateau des phosphates », au centre du Maroc.

Nous ne fûmes pas longs à nous apercevoir qu'il y avait une différence entre Matchek[1] et les autres fils du Nord. Eux ne se *mélangeaient* pas : ils restaient sur leur quant-à-soi, vivaient en vase clos, se fréquentaient entre eux et gardaient leurs distances avec l'autochtone. Même sur l'unique court de tennis du club des ingénieurs (ils avaient le droit de s'y inscrire, ils faisaient partie de l'élite de Khouribga), même au tennis, donc, et alors qu'ils auraient pu se mêler à nous – nous ne demandions que ça –, ils préféraient s'affronter entre Polonais, en couples mixtes, à grands coups de raquette, poussant des exclamations que personne ne comprenait – sauf eux, je suppose.

Matchek était différent. Il était célibataire, le seul du groupe ; et, dès le premier jour, il montra un intérêt marqué pour la ville et ses habitants. Très vite, il se détacha, en quelque sorte, du groupe slave pour aller vers l'inconnu sémite, pour se promener seul dans les rues de Khouribga, le nez au vent. C'était tellement incongru que parfois de bonnes âmes en quête de bonne action entreprenaient de le ramener de force à ses pénates, persuadées qu'il s'était égaré. L'explorateur rubicond devait se débattre pour leur faire lâcher prise. Cela finissait par des éclats de rire.

1. C'était le prénom de notre dentiste, je le transcris sans doute mal mais c'est ainsi qu'on le prononçait.

Ses pénates, justement, parlons-en. Alors que tous les Polonais avaient choisi de vivre en groupe dans des espèces de baraquements neufs et propres, mais rébarbatifs, qui présentaient l'intérêt de ne rien leur coûter – *l'Office* les mettait à la disposition des ingénieurs ou des médecins débutants, le temps qu'on leur trouvât un bel appartement ou une villa –, Matchek avait très vite réclamé une villa, quitte à devoir en payer le loyer. Et c'est ainsi qu'il se coupa encore plus de ses compatriotes. En fait, il habitait seul, loin des baraquements. Loin des siens.

Mais il avait un beau jardin. Il s'en occupait avec plaisir, quand il en avait le temps. Il maniait le sécateur avec la même dextérité que ses outils de travail. Comme il laissait le portail grand ouvert, on pouvait le voir aller et venir, en salopette bleue, dans son royaume, l'air parfaitement heureux.

Nous ne tardâmes pas à noter l'intérêt que portait le Polonais solitaire à la gent féminine locale. Aux yeux des autres Polonais, qui étaient tous mariés et vivaient en couple avec des blondes indistinctes – je veux dire qu'il était difficile de les distinguer les unes des autres au premier regard car, sous le soleil implacable de Khouribga, nous ne voyions d'abord que leur blondeur, qui nous éblouissait, le temps pour elles de disparaître prestement –, aux yeux des autres Polonais, donc, les femmes de Khouribga n'existaient tout simplement pas, sauf lorsqu'elles devenaient leurs patientes. Et, même dans ce cas, ce n'étaient que des corps, pas des personnes.

Que des corps… Je me souviens d'un gynécologue bavard venu de Cracovie qui me décrivit, un soir qu'il avait trop bu avant de venir dîner au club, quelques bizarreries intimes de certains corps féminins de Khouribga et de la région – car il s'occupait aussi des villages voisins. Par exception, il était seul ce soir-là, le gynéco, sa femme ayant une migraine carabinée et s'étant allée coucher tôt. Il vint s'asseoir à ma table, après m'en avoir, d'un geste poli, demandé la permission ; et m'entreprit dans un anglais d'aéroport, truffé de mots français et de jurons cracoviens. Il était un peu saoul. Pour décrire lesdites bizarreries intimes des *Khouribguies*, il s'aidait parfois de ses mains qui dessinaient dans l'air des courbes, des cavités, des épanchements.

S'il s'assit à ma table et s'il me parla sans prendre de gants – si j'ose dire, s'agissant d'un médecin –, c'est qu'il était persuadé que j'étais français, bien que je lui eusse affirmé à plusieurs reprises, en d'autres occasions, que j'étais marocain, sujet de Hassan II, qui régnait sur l'Empire chérifien en ce temps-là. « À d'autres ! semblait dire son regard goguenard, les Français ne laisseraient jamais un Marocain diriger la plus grande mine du pays ! » Ce gynécologue très peu versé en histoire, même en celle qui se déroulait sous ses yeux, s'imaginait que le Maroc était encore un protectorat français. À chacun ses approximations historiques ; mais il ne fallait pas lui dire que *son* pays était un protectorat soviétique, j'eus la mauvaise idée de le lui suggérer ce soir-là, agacé qu'il se trompât au sujet du mien, et il tapa violemment du poing sur la table, à presque en fendre celle-ci.

L'ingénieur Benhima, qui dirigeait alors toutes les activités régionales de *l'Office*, et qui dînait à une table contiguë à la nôtre, se tourna vers nous, le sourcil froncé. Je lui fis signe que tout allait bien.

— Querelle d'Allemands avec un Polonais, chuchotai-je.

Il daigna sourire – il avait des lettres –, haussa les épaules et, se retournant, nous laissa à notre dispute.

Où en étais-je ? Ah oui ! pour les Polonais, nos femmes n'étaient que des corps. À la fameuse question : « Les femmes ont-elles une âme ? », qui hante (sans doute à tort) l'histoire ecclésiastique, ils auraient, en bons catholiques, hésité à répondre en ce qui concerne, précisément, les femmes de Khouribga. Ils ne voyaient – et ne soignaient – que les carcasses vigoureuses de ces descendantes de la confédération de tribus arabes qu'on appelle les Banou-Hilal et qui vinrent, il y a des siècles, s'installer dans les parages après avoir ravagé – « comme une nuée de sauterelles », précise

Ibn Khaldoun[1] – toutes les terres qu'ils avaient traversées, de l'Égypte jusque chez nous.

Mais Matchek était différent. Oui, nos femmes étaient des corps – et comment !... il en raffolait... –, mais il s'intéressait *vraiment* à elles. À leurs rêves, à leurs envies, à leurs problèmes. Tout cela l'intriguait. Il aurait voulu leur parler. Il décida très vite d'apprendre la langue du cru, le dialecte marocain, la *darija*. Mis au courant, les autres Polonais décidèrent qu'il était fou. Eux se satisfaisaient d'une centaine de mots français qui leur permettaient de se tirer d'affaire dans la ville et dans son orbe, et même de poser des diagnostics – ce devaient être des génies – voire, à l'occasion, de guérir les malades.

Ils se moquèrent de lui et l'ostracisèrent un peu plus. Pour eux, il était sur une mauvaise pente. Matchek haussa les épaules et s'obstina. Il portait sur lui, dans la poche de son pantalon, un petit carnet gris qu'il sortait prestement dès qu'il entendait un mot qu'il ne connaissait pas.

— Comment dites-vous ? demandait-il en mouillant la pointe de son crayon. Et qu'est-ce que cela signifie ?

Il transcrivait en lettres latines ce qu'on lui disait en arabe. Son vocabulaire s'enrichissait sans cesse.

1. Mais d'autres les qualifient de poètes ou de cavaliers héroïques. Chacun son point de vue.

Je crois qu'il était doué pour les langues. Bientôt, il éprouva le besoin de connaître aussi la grammaire, la syntaxe, les subtilités du langage local. Il s'en ouvrit au frère de l'ingénieur Tahiri, qui était enseignant au lycée Ibn Yassine.

— La darija ? s'offusqua le frère de Tahiri. Mais elle n'a ni grammaire, ni syntaxe, ni aucune subtilité ! Il n'y a rien à apprendre ! C'est le dialecte grossier de ces sauvages descendants des Banou-Hilal…

— Pourquoi alors *habite-vous* parmi eux ? s'étonna le naïf Polonais.

— Parce qu'il faut bien vivre, grinça le professeur. Le ministère m'a muté ici, où je m'étiole et m'assèche. Oublions le dialecte, je peux vous enseigner les rudiments de l'arabe classique, c'est la plus belle langue du monde, la plus riche, la plus…

— On la parle ici ?… à Khouribga ?

— Ces bouseux de Banou-Hilal ? Vous rêvez ! Ils ne baragouinent que la darija, qui n'est pas une langue. Je souffre chaque fois que…

— Apprenez-moi, monsieur, la darija ! interrompit Matchek que les états d'âme élitistes de Tahiri n'intéressaient pas. Je vous paierai.

— Très bien, mais vous soignerez mes dents en priorité. Et avec la plus grande minutie.

— D'accord.

— Et celles de ma mère aussi ?

— D'accord maman.

C'est ainsi que deux ou trois fois par semaine, le Polonais allait voir le Marocain qui lui enseignait de très mauvaise grâce, et en pestant dans sa barbe, la langue qu'il pratiquait pourtant lui-même tous les jours. Au bout de deux mois, et alors que les autres Polonais commençaient à peine à comprendre comment fonctionnaient les transports publics à Khouribga – il n'y en avait pas –, Matchek, lui, allait au café avec une bande d'ouvriers que son accent, lorsqu'il prétendait parler darija, rendait hilares. Il passait de longues heures avec eux, parlant de tout et de rien, brandissant son petit carnet gris, apprenant mille détails de leur vie et leur racontant la Pologne, pays mythique où ne coulent pas le lait et le miel – il avait une appréciation mitigée du pays de ses ancêtres, on verra pourquoi –, mais dont l'équipe de football accomplissait, à l'époque, des exploits sur tous les terrains du monde. Les ouvriers de Khouribga eux-mêmes connaissaient les noms de Lato, Szarmach et Gadocha, pour avoir vu sur un écran de télévision ces talentueux footballeurs cavaler en poussant un ballon devant eux. Matchek prétendait les connaître tous ; et être le cousin de certains. On le regardait avec admiration. On lui donnait des tapes sur l'épaule. Il offrait une tournée générale de Coca-Cola.

Les autres Polonais commencèrent à l'éviter. Il leur faisait honte, sans doute, à se mélanger ainsi avec la plèbe locale. Lui n'y accorda aucune importance. Il avait fini par couper les ponts avec ses compatriotes.

L'administration locale – le pacha[1], la police – reçut des rapports. *L'Office* bougonna, on ne le payait pas pour s'encanailler dans les troquets, on le sermonna, on lui conseilla discrètement de ne plus aller en ville frayer avec la classe ouvrière. Il haussa les épaules. Je fais ce que je veux de mon temps libre.

Il y avait, m'a-t-on dit, des mouchards de la police dans la petite bande d'ouvriers qui entourait habituellement Matchek. Peut-être était-il un espion ? Les mouchards faisaient leur rapport hebdomadaire au commissaire Bennani, mais il n'y avait rien à reprocher au dentiste. Par prudence ou par indifférence, il n'évoquait jamais les trois sujets sensibles : Dieu, le roi et notre Sahara récupéré sur les vils Espagnols. Le commissaire Bennani se grattait l'occiput. Si la Pologne avait décidé d'espionner les ouvriers de Khouribga, il n'en comprenait pas la raison.

Les ouvriers en question avaient remarqué, eux, que Matchek adorait les femmes. On n'avait pas besoin d'avoir un grand sens de l'observation pour s'en rendre compte : dès que l'une d'elles apparaissait sur le trottoir, allant d'un pas vif, le regard baissé, le Polonais s'arrêtait de parler ou d'écouter. Hypnotisé, il suivait des yeux – de ses

1. Le plus haut représentant de l'État dans certaines villes.

yeux d'un bleu limpide – l'apparition, la bouche légèrement ouverte ; et parfois une goutte de sueur perlait sur son front rose. Lorsque la fée (fût-elle réduite à une silhouette engoncée dans un drap noir et dont on ne voyait rien, c'était toujours une fée qui semblait passer devant Matchek médusé), lorsque, donc, la fée avait disparu, il revenait à lui après s'être ébroué bruyamment comme un cheval, sous les éclats de rire des ouvriers, et continuait de raconter les plaines de son pays et de noter dans son carnet que *guenfoud* signifie « hérisson ».

On lui en montrait un, enveloppé dans un mouchoir, tremblotant, son minuscule museau humant l'atmosphère enfumée du café.

— Guenfoud ! hurlaient les ouvriers.

C'étaient de grands pédagogues : ils criaient très fort. Matchek griffonnait dans son carnet et répétait *guignfou, guignfou*, jusqu'à tant qu'une femme parût – il était alors parti, perdu et dans d'autres mondes.

Les ouvriers le charriaient un peu, gentiment.

— Elles te plaisent, hein ?… nos femmes ? nos *'aroubiates*[1] ?

— *Wallah*[2], répondait-il, elles me rendent *h'meq*[3] !

Tout le café rigolait.

---

1. Paysannes.
2. Par Dieu.
3. Fou.

*
* *

Un jour qu'il était avec ses amis prolétaires au *Café de la Poste* en train de boire force Coca-Cola (ce breuvage exotique n'existait pas dans la Pologne communiste de l'époque, il fallait venir jusqu'à Khouribga pour y goûter), la conversation tourna, comme souvent, sur les femmes. Matchek avait fait assez de progrès pour pouvoir s'exprimer à peu près clairement dans un sabir mêlant la darija, le français, les gestes, le rire égrillard, les grimaces, le polonais et de grands coups sur la table. Bref, on parla des femmes mais, cette fois-ci, le dentiste se mit à parler d'un sujet connexe.

— Dites, les amis, j'aimerais bien assister à un mariage typiquement marocain. Je voudrais bien voir ça. Ça se passe comment ? On ne se marie pas à Khouribga comme en Pologne, non ? Ça doit être très… *exotique*[1].

— Il veut assister à un *zouaj*[2] ? Matchek, mais tu es le bienvenu dans le prochain zouaj de ma famille ! clamèrent vingt voix amies.

— Ce sera quand ? demanda-t-il plein d'espoir.

1. En français dans le laïus.
2. Mariage.

Les ouvriers se mirent à réfléchir, certains à compter sur leurs doigts. L'un d'eux – un contremaître, en fait – allait se marier mais il fallait attendre la *prime*[1], ce qui prendrait au moins huit mois. Un autre évoqua son neveu Bouchta, un rude gaillard qui avait sa promise à Oued-Zem, l'affaire était conclue, mais les épousailles ne se feraient pas avant la moisson – si moisson il y avait, car on n'avait pas encore vu une goutte de pluie. Un troisième parla de sa cousine Khadouj, qu'il avait bien l'intention de mener un jour devant les *adouls*[2] puis dans son lit, mais il fallait patienter : elle n'avait pas huit ans. Un autre… Bref, de noce il n'y en avait aucune de prévue dans les six mois, hélas. Déçu, Matchek se consola avec une bonne rasade de Coca-Cola, changea de sujet, puis se perdit dans le sillage d'une Banou-Hilal qui passait en galopant.

*

* *

Maintenant, il faut que j'introduise dans cette histoire, avec une certaine réticence, un type que

1. Cette prime était versée une fois l'an par *l'Office*, en fonction des résultats commerciaux. La plupart des contremaîtres l'utilisaient pour se marier – et même plusieurs fois au cours de leur vie.

2. Les notaires qui consignent les actes de mariage.

je n'aimais pas, dont je me méfiais à cause de son regard fuyant, de son air chafouin, de son rictus permanent qui annonçait… je ne sais pas ce qu'il annonçait, son rictus, mais ce n'était pas la pluie ni les jours heureux. Bon, nommons-le Moussa – ce n'est pas son vrai nom ; le pseudonyme, c'est pour ne pas désobliger ses enfants, s'il en a eu et qu'ils habitent encore à Khouribga. Après tout, ils ne sont pas responsables de ses vilenies.

Moussa était l'un des trois ou quatre cents ouvriers qui travaillaient dans la mine que je dirigeais alors. Professionnellement, je n'avais rien à lui reprocher. Il faisait correctement son travail, ne buvait pas et ne s'absentait jamais, ou alors avec une permission expresse. Mais il y avait cet air sournois… Il y avait quelque chose du serpent en lui.

Un jour que j'allai acheter un journal dans l'unique kiosque de Khouribga, j'aperçus Moussa assis au café, avec d'autres ouvriers… et Matchek. C'était la première fois que je voyais le Polonais ainsi mêlé aux *classes dangereuses*. On m'en avait parlé, bien sûr, mais je n'avais encore jamais vu une telle scène moi-même. J'eus un mauvais pressentiment. Les autres ouvriers étaient de braves types, au fond ; pas Moussa. En rentrant chez moi, je me dis qu'il fallait peut-être que j'en avertisse le Polonais. Mais l'affaire était délicate. En quoi tout cela me concernait-il ? Et puis, que pouvais-je reprocher à Moussa ? C'était l'époque où l'expression « délit de faciès » commençait à apparaître dans la presse francophone. Allais-je faire cela, cette injustice, débiner quelqu'un parce que sa tête ne me revenait pas ?

Je décidai de ne rien faire.

J'eus tort. Ou peut-être pas, cela dépend. Cette histoire peut se lire de plusieurs façons, on va le voir.

Quelques jours après la conversation qui avait tourné autour du mariage, le dénommé Moussa, rencontrant Matchek au *Café de la Poste*, manœuvra habilement jusqu'à remettre le sujet sur le tapis. Matchek était seul, attablé devant sa bouteille de Coca, s'efforçant de remplir la grille de mots croisés du *Matin du Sahara* – c'était pour lui une façon d'améliorer son français, encore que les définitions du *Matin* fussent assez rudimentaires à l'époque. Bref, il s'interrompit pour bavarder avec Moussa. Celui-ci finit par susurrer :

— Tu tiens toujours à assister à un mariage marocain ?

— Oh voui !

— Eh bien, puisque tu es notre ami (il ne précisa pas qui était le « nous » auquel faisait référence ce « notre »), puisque tu es notre ami, nous allons *t'offrir* un mariage !

— Comment ça ? demanda Matchek, ébahi.

— C'est simple : nous allons mettre en scène un mariage traditionnel, il aura toutes les apparences d'un vrai, avec la musique, les *cheikhates*[1], la tambouille, etc., mais ce sera du chiqué. Ce sera « pour rire ». Toute la bande de copains va y participer. Qu'est-ce qu'on va s'amuser ! Et on prendra plein de photos, tu pourras les montrer à ton retour en Pologne. Tu épateras tout le monde là-bas ! Ce sera une expérience unique !

Matchek en eut presque les larmes aux yeux.

— Vous feriez ça pour moi ? Oh merci ! Vous êtes vraiment des amis !

— Ouais, on t'aime beaucoup.

L'autre, intéressé, le regard brillant, demanda :

— Qui jouera le rôle du marié ?

Moussa esquissa un sourire sardonique.

— Mais toi, mon ami, toi ! Ainsi tu seras en première ligne, en quelque sorte. Tu verras tout, tu entendras tout… *Ce sera ta fête.*

La face de Matchek s'illumina, puis il prit un petit air grivois.

— Hé, hé… Et qui jouera le rôle de ma femme ?

Moussa toussota, regarda autour de lui, et souffla.

— J'y ai pensé. Une mienne cousine du nom de Daouia fera parfaitement l'affaire.

1. Danseuses folkloriques.

— Daouia ? Quel joli prénom[1] ! Et elle est d'accord ?

— Bien sûr. Elle ne demande que ça. Elle adore rendre service.

Matchek en eut les larmes aux yeux. Il prit Moussa dans ses bras et lui planta deux bises sonores sur les joues.

— Moussa, tu es un frère ! *Khouya*[2] *!*

— Oui, oui, c'est ça ; mais il y aura des frais. Tu ne t'imagines pas que nous autres z'ouvriers, nous pourrions financer toute une noce, cheikhates et gueuleton inclus ? (Il prit un air dépité.) Avec nos salaires, nous ne pourrions même pas marier deux souris !

— Je paierai tout, le rassura Matchek. Qu'est-ce qu'on va s'amuser !

— Tope là, dit Moussa.

— D'accord !

*

* *

Aujourd'hui encore, longtemps après les faits, il y a quelques détails de cette affaire que je ne comprends pas. Par exemple, celui-ci : est-ce que tous les ouvriers étaient de mèche avec Moussa,

---

1. Où l'on voit que Matchek était polonais.
2. Mon frère.

ou avait-il réussi à les embobiner, eux aussi ? Ou bien n'avait-il que quelques complices parmi eux, et les autres contribuèrent, sans le savoir, à la mascarade ? Qui était au courant ? Quoi qu'il en soit, Moussa tint parole. Quelques semaines après sa conversation avec Matchek, il avertit celui-ci que le mariage-pour-rire se ferait le week-end suivant, plus précisément le samedi.

— Mais dès vendredi, les choses sérieuses commenceront, précisa-t-il.

— Que va-t-il se passer vendredi ?

— Eh bien, ce jour-là, tu te convertiras à l'islam.

— Quoi ?

— C'est pour rire, naturellement, mais autant faire les choses comme il faut. Seul un musulman a le droit d'épouser une musulmane. Tu ne crois tout de même pas que Daouia est chrétienne ?

Matchek, un peu dépassé, murmura :

— D'accord…

Puis, ouvrant grand les yeux, ayant déjà accepté de renier « pour rire » trente-cinq ans de culte marial, il s'inquiéta.

— Mais comment se convertit-on à l'islam ? Ça doit prendre des années !

— Au contraire, c'est l'affaire de quelques minutes ; mais tu dois d'abord acheter une djellaba blanche.

— D'accord !

Moussa emmena sur-le-champ le Polonais chez un de ses acolytes qui tenait, au fond d'une ruelle, une petite échoppe. Là l'attendait une djellaba blanche qui – miracle – lui allait comme un gant, selon l'avis des deux hommes. Matchek paya ce qu'on lui demandait. Il sortit de la boutique avec un grand carton contenant sa djellaba, fier comme Artaban.

*

* *

Vendredi arriva. Comme convenu, Matchek retrouva Moussa au *Café de la Poste*. Bientôt, ce fut un petit groupe d'ouvriers hilares qui entourait les deux hommes : le Marocain avait entrepris de faire apprendre par cœur au Polonais, en vue de sa conversion, la formule rituelle « *La ilâha illa 'llah, Muhammad rasûl al-lah*[1] ». Ravi, Matchek s'appliquait à la répéter. Chacune de ses tentatives déclenchait une salve de rires (la prononciation du « h » mouillé et le roulement du « r » posaient problème). Mais enfin, l'enfant de Pilsudski réussit à retenir la formule et à la prononcer à peu près correctement. On l'applaudit, il offrit la tournée.

Une heure plus tard, rasé de près, coiffé, parfumé, vêtu de sa djellaba blanche immaculée, Matchek

1. Il n'y a de dieu que Dieu, Mohammed est Son envoyé.

se retrouva avec Moussa dans une espèce de boutique où l'on pratiquait sans doute le commerce de l'ineffable, puisqu'il ne s'y trouvait absolument rien, aucune marchandise, pas même un comptoir, sinon deux chaises, une sorte de guéridon et, au mur, encadré, un verset du Coran flanquant le portrait du roi Hassan II en tenue militaire.

Deux hommes entrèrent bientôt, l'air grave, engoncés chacun dans une djellaba sombre. Après quelques salutations auxquelles Matchek ne comprit rien – à tout hasard, il hochait la tête, s'inclina trois fois à quarante-cinq degrés et esquissa même une génuflexion, comme si Khouribga fût soudain devenue à la fois japonaise et catholique –, après les salutations d'usage, donc, Moussa planta son coude dans le flanc de son compagnon – c'était le signal convenu –, lequel s'éclaircit la voix et, se retenant de rire, récita :

— *Layla yla la, Mokhamid rasûl layla*[1].

Les deux adouls – car c'étaient des adouls, on l'aura compris – froncèrent le sourcil, se consultèrent du regard – ainsi torturée, la formule était-elle valable ? –, ils chuchotèrent un instant puis décidèrent, je suppose, qu'en islam, seule l'in-

1. Avis aux mauvais coucheurs : c'est Matchek qui vient de traiter Mohammed d'« envoyé de Layla », pas moi. Et, en plus, il ne l'a pas fait exprès, il s'est emmêlé les pinceaux, voilà tout. Après tout, c'est un Polonais.

tention compte – et ils admirent sans plus tarder le bonhomme rose et blond dans l'*oumma*, la communauté des croyants. L'un d'eux tira un document de sa poche, alla le compléter dans un coin puis revint le remettre solennellement à l'homme qui était musulman depuis environ trois minutes. Sur un signe de Moussa, son tout nouveau coreligionnaire remit une enveloppe avec la somme convenue aux deux *comédiens*, auxquels il adressa, de surcroît, une œillade complice. Ils restèrent de marbre – c'étaient des pros – et s'en allèrent.

Matchek éclata de rire. Qu'est-ce qu'on s'amusait, à Khouribga !

*
* *

Le lendemain, samedi, était le grand jour.

Moussa, aidé de sa nombreuse famille, avait bien fait les choses. On aurait dit un vrai mariage. Tout y était.

— Que dois-je faire ? demanda Matchek, l'œil brillant, en ouvrant le portail de sa villa pour laisser entrer Moussa et les dizaines de personnes qui l'accompagnaient et qui apportaient des plats, des miches de pain, des cartons, des tagines, des paquets de toutes tailles, des bouteilles et des verres.

Le Polonais avait revêtu sa belle djellaba blanche.

— Surtout, ne fais rien, répondit Moussa.

— D'accord.

Il y eut d'abord un grand déjeuner dans l'immense salon de la villa ainsi que dans le jardin. Le salon, où les hommes se réunirent, était à peu près vide : Matchek habitait seul, comme on le sait, et il n'avait jamais pris la peine de meubler sa maison. On alla donc emprunter des caisses de bois dans un atelier voisin qui appartenait à *l'Office*, et on s'en fit des sièges en posant dessus des coussins ou des journaux – on découvrit des piles de journaux dans un appentis, dans un coin du jardin : c'était un legs du précédent locataire. Quatre caisses posées l'une contre l'autre figurèrent une table rectangulaire qui convenait parfaitement aux agapes qui se préparaient. Quand les préparatifs furent achevés, on s'attabla avec entrain. On ne s'embarrassa pas de couverts : on mangea avec les doigts, dans la joie et la bonne humeur. Il faut dire que les ouvriers avaient peu d'occasions de faire bonne chère, et sans payer leur écot.

Les femmes étaient ailleurs, dans le jardin, dispersées autour d'un chêne majestueux, picorant dans de grands plats en émail, jetant des coups d'œil émerveillés autour d'elles. En somme, pour ces cœurs simples, c'était ce jour-là un pique-nique improvisé, dans un pays exotique. Certaines de ces femmes connaissaient ces bâtisses opulentes construites par Alfred Beaugé dans les années quarante, ou du moins elles en connaissaient une, où elles trimaient dur comme femmes de ménage et où elles n'avaient pas le temps d'admirer le décor. Mais pour la plupart d'entre elles, c'était la première fois qu'elles mettaient les pieds dans une villa d'ingénieur – il avait fallu qu'un dentiste venu d'ailleurs leur en eût ouvert le portail… Elles mettaient les bouchées doubles, au propre comme au figuré.

Moussa et ses acolytes n'avaient pas lésiné sur la dépense – après tout, c'était le Polonais qui régalait : couscous, méchoui, poulets farcis, mouton aux amandes, pastilla… On fit bombance. Le fiancé putatif était ravi. Il suçait ses doigts dégoulinants de sauce et se resservait, piochant au hasard dans les plats qu'on avait disposés sur les caisses de bois, demandant leurs noms, notant ceux-ci dans le petit carnet qui s'ornait maintenant de taches de graisse.

Tous les ouvriers du coin étaient de la fête ainsi que quelques contremaîtres dubitatifs – ils ne comprenaient pas vraiment ce qui se passait dans cette villa mais la nourriture était alléchante. Circonspects, ils veillaient à ce qu'aucune familiarité déplacée ne s'installât entre eux et ces hommes qu'ils auraient à commander le soir même ou le lendemain – les mines tournaient à plein rendement, on faisait les trois-huit. Les contremaîtres ne s'attardèrent pas.

Aucun ingénieur n'était venu – ils rechignaient à se mêler aux ouvriers – ni aucun Polonais. Une noce pour rire ? Ils trouvaient la plaisanterie saumâtre. En refusant l'invitation de Matchek, ils n'avaient fait à vrai dire que prolonger la quarantaine dans laquelle ils le tenaient depuis quelque temps. Ils l'évitaient, le saluant à peine si d'aventure leurs chemins se croisaient. Il s'était, à leurs yeux, *marocanisé.* Et encore, ils n'étaient pas au courant de sa conversion – chiqué ou pas, un tel geste les eût horrifiés.

On se passa de ces rabat-joie.

Deux adouls étaient là qui s'empiffrèrent comme tout le monde, et même un peu plus, avec une autorité naturelle qui leur assurait les meilleurs morceaux. De temps à autre, ils s'arrêtaient pour réciter à mi-voix une formule propitiatoire, puis se resservaient. À l'issue du repas, Matchek fit compter devant eux, en beaux billets craquant neuf, la somme d'argent que lui avait indiquée Moussa.

— Pourquoi je les paie, eux ? Qui sont ces deux messieurs ? chuchota-t-il, ayant pris l'air curieux et intéressé de l'ethnologue *qui va sur le terrain.*

— Ce sont les adouls. Ce sont eux qui rédigent l'acte de mariage et qui l'authentifient en le signant.

— Ah, d'accord, c'est pour rire. (Il pouffa.) Et lui, là-bas, qui fait semblant d'empocher l'argent, c'est qui ?

Les adouls avaient remis la liasse de billets à un vieillard mélancolique qui la fourra dans sa djellaba sans mot dire.

— C'est le père de Daouia, affirma Moussa.

— D'accord. Le papa ! murmura le Polonais, attendri.

Des musiciens jouaient sous la treille[1], un peu à l'écart. D'accortes femmes, dont on subodorait qu'elles étaient de la famille de Moussa, apportèrent des sofas, des tapis, des coussins et même des clous, à la grande stupéfaction du Polonais qui se demandait ce que diable des clous[2] venaient faire dans cette gigantesque farce. On n'allait quand même pas le crucifier ? C'était bien la peine de s'être converti, même pour rire. Il chassa vite cette inquiétude saugrenue. Tout allait bien, tout allait merveilleusement bien ! Quelqu'un lui servit un verre de vin rouge, un produit de la région.

— On boit du vin dans les mariages marocains ? demanda-t-il, ébahi.

— Bois et tais-toi, lui répondit-on.

1. Il y avait vraiment une treille dans la villa de Matchek. N'oublions pas que Khouribga, ou du moins son centre, le « village OCP », fut construite par les Français.

2. Je n'ai jamais su à quoi servaient les clous.

— D'accord.

Des femmes entrèrent par la cuisine et allèrent aménager une sorte d'alcôve dans une des pièces que le Polonais n'utilisait pas ; elles empilèrent des matelas les uns sur les autres. Une sorte de cloison branlante s'éleva ainsi, derrière laquelle on disposa un autre matelas, sur le sol. S'étant levé pour aller aux toilettes, il passa devant la pièce et aperçut l'étrange échafaudage.

— C'est quoi, ça ? demanda-t-il à Moussa. On stocke des *materac*[1] ? Pour quoi faire ? Tout le monde va dormir chez moi cette nuit ?

— Mais non, tu n'y es pas. (Moussa secoua la tête comme s'il parlait à un abruti.) C'est dans cette chambre que tu vas passer ta nuit de noces. Les matelas, c'est pour amortir, euh... les *bruits*.

Interloqué, Matchek balbutia :

— Ma nuit de...

Il resta silencieux quelques instants. Puis un sourire incertain éclaira sa face de Pierrot et il cligna de l'œil :

— Ah, c'est pour rire !

Tout de même, ces événements commençaient à le dépasser. Il prit le parti de hocher constamment la tête, comme s'il en était le grand ordonnateur. Son cerveau se mit à fonctionner au ralenti. L'ethnologue perdait pied.

1. En polonais dans le texte.

— Où est cette fameuse Daouia qui va jouer le rôle de ma femme ? s'enquit-il auprès de Moussa qui se tenait constamment près de lui, écartant sans ménagement quiconque voulait parler au Polonais, se permettant même de tenir tête à un contremaître qui, trouvant l'affaire bizarre, venait s'en informer auprès du principal intéressé.

— Daouia ? Elle est au hammam[1].

Et, allumant une cigarette, il détailla complaisamment la scène : la fiancée arrivait, escortée de parentes et d'amies, au hammam. Les *tayabat*[2] l'attendaient à la porte, elles lui faisaient une sorte de haie d'honneur puis la conduisaient en une joyeuse procession dans la salle la plus reculée, la plus chaude des thermes, tout en poussant des you-yous.

— You-you ! Toutes ces femmes dans le bain… J'aurais bien aimé voir cela, saliva le Polonais, qui avait oublié ses inquiétudes.

— Interdit aux hommes !

Et Moussa, impitoyable, continua de chauffer à blanc le dindon de la farce.

— Deux femmes, des parentes, déshabillent lentement la jeune fille…

— Aaargh…

— … qui doit garder constamment les yeux fermés et les lèvres closes.

1. Le fameux « bain maure ».
2. Femmes employées dans les hammams.

— Pourquoi ? Y a des mouches ? s'étonna l'autre.

— Non, c'est par crainte des *j'noun*[1].

— Les *dzin* ? Ils ont le droit de regarder et moi non ? C'est pourtant moi qui paie. Je veux regarder ! Allons au hammam !

— Non, toi, tu es un djinn *roumi*[2], tu n'as pas le droit de fréquenter ces endroits-là, ricana Moussa.

— D'accord. Raconte.

Moussa continua son exposé ethnographique, mélangeant la darija et le français.

— Des seaux d'eau tiède sont rangés là. Les tayabat puisent successivement dans chacun des seaux et versent l'eau sur la tête de la fiancée…

— *Ma* fiancée, fit le Polonais en clignant de l'œil, la bouche tordue en un rictus grivois. Elle est toute nue ? *Aryana*[3] ?

— Non, elle est habillée.

— Et on lui verse de l'eau dessus ? Les vêtements doivent coller… J'aimerais bien voir ça ! Allons au hammam !

— *Intirdit !*

— Oh là là…, soupira l'autre, dépité.

Un temps.

— Dis donc, cette histoire de bain… Vous poussez le réalisme très loin, s'étonna le Polonais. Ce

---

1. Génies, diablotins. Pluriel de *djinn*.
2. Européen.
3. Nue.

n'était pas vraiment la peine. Surtout si c'est *intirdit* pour moi. À quoi ça sert ?

— Nous autres Khouribguis, on ne fait pas les choses à moitié.

Rêveur, le fiancé murmura :

— On dirait un rite de… comment dit-on ?… *oczyszczenie*[1]…

— C'est ça, c'est exactement ça, répliqua Moussa, qui n'avait pas compris.

On fit bombance et on s'amusa tout l'après-midi. Il y eut l'inévitable bagarre entre ouvriers éméchés, mais on eut vite fait d'expulser les deux coupables, qui roulaient sur le sol du salon, agrippés l'un à l'autre, se mordant et s'insultant leur race. Ils se réconcilièrent au pied d'un néflier, écroulés et sentimentaux.

Le soir venu, les amis de Matchek, c'est-à-dire les ouvriers qu'il avait l'habitude de rencontrer au *Café de la Poste*, le prirent sur leurs épaules et ils firent dans cet étrange équipage le tour du jardin, pendant que les femmes applaudissaient et poussaient des you-yous. Le Polonais se trémoussait et levait les deux bras au ciel, comme s'il venait de marquer un but. C'était la pleine lune, ce qui donnait un aspect irréel au gazon et aux arbres du jardin. Des passants entraient sans façon et s'installaient, qui au pied du chêne, qui dans le

1. Purification.

salon, qui sous la treille. Après quelques minutes, ils s'enhardissaient à taper des mains en cadence, demandaient discrètement le nom du marié, puis ils allongeaient la main et, quelques minutes plus tard, on les voyait engloutir les gâteaux et écluser le thé avec l'assurance de ceux qui sont *dans le coup*.

Enfin Daouia parut.

Accompagnée par deux autres femmes, elle entra discrètement par le portail. Le fiancé, de nouveau juché sur les larges épaules des ouvriers, releva le capuchon de sa djellaba blanche – quoique maculée maintenant de toutes sortes de taches, graisse, gazon, vin… –, il releva donc le capuchon qu'on avait rabattu sur sa tête et la fixa des yeux… que dis-je ?… la *contempla*, stupéfait.

C'est qu'elle était belle, Daouia, très belle, du type local de beauté, quand le Berbère s'allie à l'Arabe hilalien. Mais pourquoi avait-elle l'air si triste ? Ses yeux sombres agrandis par le khôl étaient aussi ravissants que mélancoliques. En somme, la comédienne ne jouait pas très bien son rôle. Encore une qu'on n'avait embauchée que sur son apparence physique. Matchek en fut légèrement contrarié puis n'y pensa plus. On s'amusait tellement !

Un orchestre de cheikhates arriva et s'installa sur une petite estrade que les ouvriers avaient fabriquée le matin même à côté de l'abricotier. Les violons se mirent à grincer, les tambourins à marquer le rythme, on se mit sur-le-champ à crier et à taper des mains. D'un bond, Moussa se précipita sur les prises d'électricité et coupa la sono – il ne voulait pas provoquer l'ire des ingénieurs des villas voisines –, si bien que ce fut presque en sourdine que les cheikhates chantèrent leurs textes suggestifs – lesquels textes échauffèrent tellement les ouvriers qu'une nouvelle bagarre éclata. On exila les houligans sous le néflier, comme ces deux-là qui s'étaient battus dans le salon – une tradition était née.

Bien entendu, Matchek voulut danser. Sa petite taille, son embonpoint, sa djellaba – qui s'effilochait et se salissait –, tout concourait à rendre la chose ridicule. On fit cercle autour de lui. Il se déchaîna. Il s'amusait comme un fou – et les autres encore plus.

Daouia, elle, ne participait pas à ces liesses. Elle était allée s'asseoir, avec une de ses cousines, sur une chaise, de l'autre côté de la villa, là où un mince filet d'herbe longeait l'entrée du garage, et les deux femmes causaient à voix basse. Matchek alla jeter un coup d'œil par là et en revint contrarié. Il se promit de s'en plaindre, le lendemain, à Moussa. Qu'est-ce que c'était que cette comédienne maussade et ses humeurs de diva ?

Finalement, la noce prit fin, les musiciens remballèrent leurs instruments et un silence irréel succéda au tapage. Les invités bâillaient ou clignaient des yeux, fatigués, repus, et commençaient à s'en aller, faisant grincer le portail. Quelques-uns, menés par Moussa-le-démiurge, raccompagnèrent le couple jusqu'à la pièce où s'étageaient les matelas. Et ils s'en allèrent.

Le silence revint dans la villa, tout juste ébréché par quelques bruits mal identifiés – c'était sans doute les caisses qu'on devait rendre à l'atelier, le sol qu'on lavait à grande eau, des plats qu'on remballait dans les cartons.

Ahuri, Matchek regardait Daouia qui semblait vouloir s'éterniser.

Elle s'étendit sur le matelas. Elle regarda son « mari » franchement, les yeux dans les yeux, puis commença à se dévêtir. Le cerveau du Polonais s'enfuit par les fenêtres.

La nuit de noces fut… après tout, qu'est-ce que j'en sais ? Il paraît que Matchek en fut ravi – mais bon, il ne lui fallait pas grand-chose pour l'enchanter, ce grand enfant. Daouia était belle, un peu grassouillette, et le mieux n'est pas forcément l'ennemi du bien. Peut-être était-elle experte en…

Glissons, mortels.

*

* *

Se réveillant à moitié nu à côté d'une belle endormie enveloppée dans un drap, l'esprit encore embrumé par le bruit, la fureur, le vin et l'excitation générale, Matchek mit du temps à se rappeler qui il était et où il était. Puis il se leva sans faire de bruit et alla inspecter les lieux.

La maison était vide et silencieuse. Comme les bruits étouffés, la veille, l'avaient laissé prévoir, Moussa avait eu le bon goût de tout nettoyer et de tout ranger, avec l'aide de sa famille et de ses amis, pendant que Matchek accomplissait *pour rire* ses devoirs conjugaux.

Quand il sortit de la salle de bains, douché et rasé, une bonne odeur de café enchanta ses narines. Daouia était dans la cuisine et fredonnait une chanson à la mode. Elle lui sourit. Il lui rendit son sourire. Elle lui tendit une tasse de café au lait. Il alla boire sous l'abricotier, l'esprit en panne.

Il n'arrivait pas à penser.

Il alla au travail dans un état second, envahissant mécaniquement les bouches qui s'ouvraient, jouant avec dextérité de la fraise, du miroir et de la spatule, notant des noms et des dates dans le cahier idoine.

Quand il revint chez lui, le portail était fermé. Il l'ouvrit avec ses clés après avoir garé sa voiture le long du trottoir, traversa le jardin et entra dans le salon. Daouia l'y attendait avec une théière odoriférante et un plateau de petits gâteaux. De la cuisine provenaient d'autres odeurs tout aussi appétissantes – sans doute de la *harira*.

Dans l'état de sidération où il se trouvait, Matchek n'eut d'autre ressource que de boire son thé et de croquer ses cornes de gazelle en silence. Il sortit tailler ses rosiers, joua avec un chat qui avait pris possession du jardin quelques semaines plus tôt et se plongea dans un *Maigret* – c'est ainsi qu'il améliorait son français, en sus des mots croisés du *Matin du Sahara.*

Le moment venu, il se retrouva, toujours sidéré, dans les bras de Daouia. Il n'y avait plus qu'un seul matelas dans la chambre nuptiale – où étaient passés les autres ? –, mais il fit l'affaire.

Je rêve, se dit Matchek avant même de s'endormir.

Le lendemain, il but le café préparé par sa « femme » et s'en alla, perplexe. Le soir venu, il eut la surprise, en rentrant de son cabinet, de trouver Daouia assise sous le bel abricotier du jardin, en grande conversation avec une de ses cousines. Les deux jeunes femmes lui firent un grand signe de la main. Il leur rendit machinalement leur salut, hésita puis fit demi-tour et alla tout droit au *Café de la Poste.* À cette heure, il était sûr d'y trouver Moussa.

Effectivement, l'homme était assis à une table, sirotant son thé.

Matchek entra immédiatement dans le vif du sujet.

— Dis donc, Moussa, encore merci pour ce superbe mariage-pour-rire que tu m'as organisé. Vraiment, c'était... superbe ! Mais il y a une chose que je ne comprends pas. Pourquoi la jeune actrice est-elle encore chez moi ? Elle prend ses aises, on dirait qu'elle s'installe...

Moussa, un peu gêné, toussota et rétorqua :

— Tu aimes bien Daouia, non ?

— Oh oui, répondit Matchek, dont les sens s'éveillaient rien qu'à entendre le joli prénom ; mais n'a-t-elle pas autre chose à faire qu'à passer toutes ses journées...

— ... et toutes ses nuits, l'interrompit Moussa, l'œil sévère.

— ... oui, les nuits aussi, admit Matchek, un peu gêné.

— Après tout, vous êtes mariés, lui asséna Moussa, de plus en plus sévère.

— C'est vrai, gloussa Matchek en clignant de l'œil. Hé hé...

— Hé hé, répondit froidement Moussa.

— Mais c'est pour rire, n'est-ce pas ? demanda Matchek, l'air vaguement inquiet, les doigts tapotant nerveusement la table au-dessus de laquelle il s'était penché pour mener cette discussion.

Nous y sommes, se dit Moussa. L'instant était grave. Il respira un grand coup, comme s'il prenait une *mâle résolution*.

— Écoute, Matchek, assois-toi, il faut que nous parlions sérieusement.

L'autre s'assit, le sourcil froncé, pressentant des choses. Avec la plus extraordinaire mauvaise foi, Moussa lui exposa la situation telle qu'elle se présentait à ç't'heure.

— Matchek, le fait est que nous ne parlons pas la même langue. N'est-ce pas ? Tu es polonais, je suis khouribgui. On peut bien s'entendre pour des choses simples, toi et moi, en mélangeant la darija, le français et je ne sais trop quoi ; mais la confusion s'installe dès que nous voulons traiter de choses plus compliquées. Ainsi, le jour où on a parlé de… de tout ça !… eh bien, j'ai cru que tu voulais *vraiment* te marier. C'est de ta faute, hein, tu n'as pas été clair ! On ne comprend pas grand-chose à ce que tu racontes. On n'y comprend même rien, à vrai dire. Bref, je te le répète, j'ai cru que tu voulais vraiment épouser une fille du cru, après tout, tu les aimes bien, non ?… et que tu voulais que je te donne un coup de main. Comme je t'aime beaucoup, je me suis mis en chasse et je t'ai choisi la plus belle fleur de Khouribga : ma propre cousine Daouia. Vous êtes mariés en bonne et due forme. Tu es bien le seul à ne pas le savoir.

La bouche grande ouverte, Matchek laissa percoler dans son cerveau moite la signification de ce qu'il entendait. Il voulut élever dix mille objections contre l'étrange situation dans laquelle il se trouvait, comme on élève une digue contre l'océan furieux, mais rien ne vint sinon cet argument maigrelet :

— Mais je suis catholique !

Moussa secoua la tête.

— Euh… En fait non, mon cher ami, tu es officiellement musulman. Il y a un document écrit, signé par deux adouls assermentés, qui l'atteste. Ils en ont une copie, moi aussi, et nous en avons envoyé une troisième au ministère de la Justice pour régulariser ton mariage avec Daouia, la perle de Khouribga ; mariage qui est donc tout à fait valable.

— Je m'en fous ! s'emporta le Polonais en se levant d'un bond. Je suis catholique !… comme le pape ! Jean-Paul II ! Wojtyla ! Il est de chez nous. Je suis catholique !

Moussa, jetant des regards furtifs autour de lui, lui fit signe de parler moins fort. On était quand même dans un lieu public, il y avait des mouchards dans tous les coins (Moussa en était sans doute un lui-même).

— Si j'étais toi, Matchek, je cesserais de clamer *urbi et orbi* ma foi catholique. Tout le monde, ici, est au courant de ta conversion. Et maintenant, tu viens nous chanter l'éloge du pape ? L'apostasie, c'est très grave en islam. C'est même puni de peine de mort. Couiiiic !

Contrefaisant ainsi le cri du mouton qu'on égorge, il passa lentement son pouce le long de son cou.

Matchek protesta :

— Il faut à peine deux minutes pour devenir musulman, mais après on ne peut plus jamais faire marche arrière ?

— Ouais, c'est comme ça.

— Sinon, couiiiic ?

— Couiiiic !

— Qu'est-ce que c'est que cette religion ? Tu entres, on te coupe le zizi, tu sors, on te coupe la tête ?

— N'insulte pas ma religion. Qui est aussi la tienne.

Furieux, Matchek sortit en trombe du *Café de la Poste* et courut jusqu'à sa villa, tenant de ses mains les pans de sa veste, exposé aux lazzis de quelques gamins qui le traitèrent en riant de *bibi*[1].

Le portail était entrebâillé. En nage, il entra et chercha des yeux sa douce moitié. Il la trouva en train de nettoyer le haut de la treille. Pour ce faire, elle s'était juchée sur un tabouret et se penchait maintenant sur les arceaux. Elle était pieds nus et son peignoir, qui dessinait fidèlement la courbe de ses jolies fesses bien charnues, remontait à mi-cuisses. Haletant, la bouche ouverte, Matchek admira le spectacle, qui lui rappelait certains attouchements nocturnes récents.

1. Dindon.

Je réglerai cette affaire demain, pensa-t-il. *Que diable, il faut prendre le temps de peser le pour et le contre.*

Daouia se retourna, ayant senti une présence, et lui sourit tendrement.

— Ta cousine est partie ? balbutia-t-il pour dire quelque chose.

De la cuisine sortait un délicieux fumet. On mangeait quoi, ce soir ?

*

* *

Que se passa-t-il ensuite ? Il semble que Matchek remettait chaque jour au lendemain la grande explication qu'il s'était promis d'avoir avec Daouia et qui devait mettre fin à cette situation fausse. Il revenait dans sa villa, fourbu, chaque fin d'après-midi, et c'était chaque fois un spectacle nouveau, une nouvelle surprise. Elle était en train d'*émonder une charmille*, de *tailler un espalier* ou de *fouir les plates-bandes*[1], toujours vêtue de tenues seyantes qui mettaient en valeur ses formes affolantes. Elle lui faisait un signe gracieux de la

1. Je prends ces détails dans un classique français du XIXe siècle, ne connaissant rien à l'horticulture et n'ayant donc aucune notion de ce que Daouia pouvait bien faire en son jardin.

main, il allait s'asseoir sur une chaise au pied du chêne et la regardait, bouche bée.

Quand elle n'était pas dans le jardin, c'est qu'elle était dans la cuisine. Elle semblait connaître mille plats, plus délicieux les uns que les autres.

Son linge était propre, sa maison bien tenue, il était bien nourri. Ne parlons pas des nuits, qui ne nous regardent pas. Il sembla à Matchek que jamais il n'avait été aussi heureux.

Le gynécologue polonais m'apprit un jour, alors que nous dînions au club des ingénieurs, que Matchek n'avait pas de famille en Pologne. Fils unique, il avait perdu, adolescent, ses deux parents dans un accident de la route et avait fini de grandir dans des internats, avant d'entamer ses études supérieures. En somme, sa seule famille, présentement, c'était la belle Khouribguie contre le corps de qui il dormait chaque nuit.

À propos de famille : Daouia tomba enceinte. Son ventre s'arrondissait, au grand scandale de certains Polonais qui dénoncèrent Matchek à leur consul. On l'admonesta. Il haussa les épaules : ce n'était pas le consul qui lui faisait des harira les jours de grand vent.

Le carnet gris de Matchek ne suffisait plus. Il en acheta un autre.

*

* *

Maintenant, une question se pose : quel était exactement l'intérêt, pour Daouia, d'épouser le Polonais ? Si on reconstitue l'affaire, il semble qu'elle ait été, elle aussi, abusée par son cousin Moussa.

Voilà les faits, tels que j'ai pu les rassembler :

Daouia, qui était née dans une famille très pauvre, avait été mariée dès l'adolescence, et sous la contrainte, à un homme de la région qui avait émigré en Italie[1] et qui en était revenu pour prendre femme. Elle l'avait connu pendant deux semaines, cet étranger taciturne qui avait bien le double de son âge et qu'elle n'avait vu qu'une fois avant le mariage, de façon fortuite, à l'occasion d'une fête familiale – une circoncision. Cela lui avait suffi, à lui : avant de repartir, il avait demandé à sa mère de régler l'affaire, ce qu'elle fit sans difficulté. Le père de l'adolescente n'était que trop content d'avoir une bouche de moins à nourrir ; et un gendre travaillant en Europe, c'était, à l'époque, comme avoir un oncle d'Amérique.

L'homme était revenu à Khouribga pour la noce, avec quelques cadeaux qui firent illusion parce qu'ils venaient de loin. Il l'avait déflorée brutalement, ne lui avait pas adressé plus de quelques

1. C'est en effet dans ces années-là que commença la vague d'émigration vers l'Italie des hommes de la région de Khouribga.

mots, puis s'en était retourné à Milan, où il allait essayer d'obtenir les papiers nécessaires pour la faire venir auprès de lui au titre du regroupement familial. En attendant, elle devait habiter avec sa mère à lui, l'émigré, et ses sœurs, plus laides les unes que les autres et aussi peu affables que leur frère.

Elles prirent rapidement en grippe cette adolescente trop belle (oui, c'est Cendrillon chez les Oulad Abdoune...) et qui ne pouvait pas se résigner à passer toute l'année dans une pièce à se morfondre en attendant le prince très peu charmant auquel le sort l'avait donnée. Elle pleura sans doute beaucoup, au début, puis elle exigea de pouvoir sortir. Elle menaça de mettre fin à ses jours, elle fit mine d'avaler le contenu d'une bouteille d'eau de Javel. Consulté par téléphone, l'émigré consentit à ce qu'elle sortît une fois par jour à condition qu'elle ne fût jamais seule. On lui colla donc des chaperons : les sœurs de l'émigré. Excédée, elle réussit à les semer une ou deux fois pour aller, seule, se promener. On crut la voir, au parc municipal, en conversation avec un jeune de son âge. C'était sans doute lui qui l'avait abordée, elle lui avait répondu, c'était de leur âge, c'était innocent. L'effrontée ! On avertit son lointain époux que Daouia *parlait avec d'autres hommes*, il estima son honneur bafoué et la répudia par correspondance, du pays de Dante.

Elle retourna chez ses parents avec une réputation de fille légère. À Khouribga, à l'époque, une telle réputation était comme une tache indélébile qui ruinait toute possibilité pour la femme ainsi marquée de trouver un mari. Mais elle était tellement belle qu'un jeune contremaître de *l'Office*, l'ayant un jour aperçue dans la rue, en fut obsédé, se mit à l'épier, puis à la suivre, un sourire idiot flottant sur ses lèvres. Elle ne répondit jamais à ses avances, ne lui fit jamais l'aumône d'un mot, allant droit devant elle, le regard fixe, comme une déesse inaccessible, ce qui, bien entendu, exacerba le désir du soupirant ; il décida de l'épouser, malgré les conseils de ses amis (une divorcée, une délurée !). Il fit sa demande. Elle se laissa convaincre par ses parents, ou plutôt par sa mère puisque son père ne lui parlait plus. Eux ne voyaient que le salaire du contremaître qui *tombait* le premier de chaque mois, sa Fiat 127, son appartement et la fameuse *prime* ; et puis, ils étaient trop heureux de la recaser, ils savaient bien, ou ils devinaient, ce qui se disait en ville à propos de leur fille. Quant à elle, on peut imaginer ses raisons. Quel avenir avait-elle dans la minuscule masure où son *chaouch*[1] de père crachait ses poumons et ne lui adressait jamais la parole, où l'on mangeait chichement et où les jours s'écoulaient dans une monotonie poisseuse ?

1. Appariteur, planton, portier, homme à tout faire.

Elle épousa donc, en deuxièmes noces, le contremaître, qui se nommait Lhouari. Fou de désir, il était en proie à des sentiments violemment contradictoires puisque à ce désir charnel qui le tenaillait se mêlaient le mépris, le ressentiment – elle ne lui avait pourtant rien fait – et la crainte du ridicule. Il savait bien que sa femme ne passait pas pour un parangon de vertu. Son honneur était en jeu ! Il décida qu'une telle femme devait être enfermée : c'est ce qu'il fit. Littéralement. Le matin, en allant au travail, il fermait à double tour la lourde porte de son appartement dans lequel la belle Daouia, qui ne disposait pas du double des clés, était condamnée à rester jusqu'au retour de son seigneur et maître. L'appartement se trouvait au quatrième étage, il était donc impossible de s'enfuir par une fenêtre. Il n'y avait que le suicide ou la résignation. En fin d'après-midi, il revenait, ayant fait les courses. Il les lui tendait, sans un mot, et allait allonger ses courtes jambes sous la table du salon, attendant qu'elle le serve.

Le dimanche, elle avait le droit de sortir. Avec lui. Ils faisaient le tour du parc, elle marchant à côté de lui, mais pas tout à fait – il faisait bien attention à la précéder de quelques centimètres.

Il se trouva un ouvrier, un voisin du couple, pour détailler la triste condition de Daouia à l'ingénieur Benhima, un jour que celui-ci bavardait avec lui lors d'une tournée de chantier. L'ouvrier s'enhardit à évoquer l'affaire – il faisait une bonne action. N'y avait-il pas des risques mortels dans cet arrangement ? Et si le feu se déclarait ? La pauvre Daouia périrait dans les flammes. Une si belle femme… Et une musulmane, malgré tout. Et puis la responsabilité de *l'Office*, qui gérait l'immeuble, n'allait-elle pas être engagée, en cas d'incendie ?

Dès son retour au bureau, Benhima convoqua Lhouari et lui ordonna de faire cesser cette situation inhumaine.

— En quoi cela vous regarde-t-il ? osa demander le contremaître à l'ingénieur, après quelques instants de flottement. Je suis maître chez moi, non ?

Benhima le transperça du regard et se mit à hurler en français :

— Cela me regarde ! Cela me regarde car je suis un ami de l'humanité souffrante ! Oui, monsieur ! Si vous ne faites rien pour changer les choses, je vous licencie ! À vous de choisir ! En allez-vous, monsieur ! En allez-vous[1] !

Acculé, le contremaître fit ce qui s'imposait, non seulement il libéra sa femme, mais il la libéra définitivement : il la répudia. *Bis repetita*… Sans doute s'imagina-t-il que c'était elle qui s'était plainte – par quel tour de sorcellerie ? – à Benhima, bien qu'enfermée. Elle s'en revint vivre, de nouveau,

1. Benhima utilisait vraiment cette expression surannée.

chez ses parents. Elle avait maintenant vingt ans et était deux fois divorcée ; en somme, elle ne valait pas mieux qu'une catin de bas étage.

— D'ailleurs, me dit un jour cette mauvaise langue d'ingénieur Tabaï, elle commença vraiment à se prostituer, n'ayant plus rien à perdre et n'ayant aucune source de revenu. Ce n'était pas son chaouch de père qui pouvait lui donner de l'argent de poche… On la voyait souvent rôder du côté des villas des ingénieurs, la tête baissée, vêtue d'une djellaba cache-misère au capuchon rabattu sur son visage. Sur un signe, elle entrait discrètement chez les célibataires…

Il ajouta, un ton plus bas :

— Moi-même…

Tabaï ne finit pas sa phrase mais un sourire faraud courut sur ses lèvres. Quel butor !

D'autres me dirent que tout cela était inventé, que Daouia gagnait sa vie en faisant des ménages dans deux ou trois familles européennes de Khouribga – elle ne voulait plus rien avoir à faire avec les gens du cru.

Peut-être. En tout cas, tout cela explique pourquoi Daouia joua le jeu. Plus j'y pense, plus je crois qu'elle aussi avait été flouée par Moussa. Il avait dû lui faire croire que le dentiste polonais l'avait vue quelque part, dans la rue peut-être, qu'il en était tombé amoureux et qu'il avait chargé Moussa d'arranger le coup. Elle devait connaître de vue

Matchek – un blond aux yeux bleus attablé au *Café de la Poste* ou parcourant les quartiers populaires de la ville, ça se remarque. Il faisait l'affaire, quitte à se convertir. Qu'avait-elle à attendre des autres hommes de Khouribga ? Elle voyait bien dans leur regard ce qu'ils pensaient d'elle.

Mais Moussa ? Qu'avait-il espéré en montant cette escroquerie ?

C'est là l'énigme, c'est cette question qui m'a donné le plus de fil à retordre.

Qu'avait-il, le sagouin, à gagner dans cette supercherie ? Écartons l'hypothèse de l'acte gratuit, de la mystification *pour le geste*, du canular. Moussa était un homme inculte, fruste, terre à terre ; tout le contraire d'un joyeux luron ou d'un surréaliste.

Alors, quoi ?

Eh bien, je crois que Moussa avait fait le calcul suivant : Matchek, une fois dégrisé et ayant compris dans quel piège il s'était fourré, allait pousser les hauts cris et exiger qu'on l'en dépêtre. Moussa, c'était la pointe de la combinaison, allait proposer de le faire, moyennant l'octroi d'une forte somme d'argent. Un classique de l'escroquerie : celui qui vous a *mis dedans* vous propose de vous en sortir.

C'est ce que susurra l'horrible bonhomme quand il vit de nouveau Matchek quelques jours après leur confrontation du *Café de la Poste* :

— Si vraiment Daouia ne te plaît pas et si tu veux régler l'affaire…

Il avait cueilli le dentiste dans sa rue, alors qu'il refermait le portail de sa villa. Matchek secoua la tête.

— Écoute, Moussa, je vais au travail, on parlera un autre jour de tout cela.

Ce matin-là, Daouia lui avait concocté un petit déjeuner succulent. Elle avait posé une écuelle d'*amlou*[1] devant lui et, plongeant le bout de son index dedans, elle le lui avait mis sur la langue. Il avait goûté pour la première fois à de l'amlou, et dans quelles conditions…

Il m'arrive parfois de faire une hypothèse encore plus étrange mais dont je m'assure, par ma connaissance assez précise de la psychologie des habitants du plateau des phosphates (connaissance que j'ai fini par acquérir à force de mener des discussions sans queue ni tête avec certains de mes ouvriers), hypothèse dont je m'assure, donc, qu'elle pourrait être la bonne justement parce que la plus étrange. La voici : il se peut que Moussa n'ait eu *aucun plan préconçu.*

Je le maintiens : il se peut que Moussa, comme un joueur d'échecs uniquement préoccupé du prochain coup, refusant d'inscrire celui-ci dans une

1. Préparation culinaire de la région du Souss à base d'huile d'argan, amandes ou cacahuètes. Aujourd'hui, ce délicieux fortifiant est consommé dans toutes les régions du Maroc.

stratégie d'ensemble[1], insultant en quelque sorte l'avenir au bénéfice du seul moment présent, n'ait jamais rien calculé.

Oui, plus j'y pense, plus cette attitude (comment la qualifier ?... nihiliste ?... absurde ?...) me semble correspondre à la psychologie de certains enfants des Oulad Abdoune.

Une fois admise cette hypothèse, tout s'explique. Il s'agit, au départ, de promettre quelque chose à Matchek : « Tu veux un mariage ? Tu l'auras ! (Gain : un verre de Coca-Cola.) Mais tu dois acquérir une djellaba blanche. (Gain : la moitié du prix – exorbitant – de la djellaba, puisque Moussa était de mèche avec le vendeur.) Dis donc, Matchek, tu possèdes maintenant une belle djellaba, organisons une cérémonie de conversion à la noble religion du Prophète. (Gain : quelques billets rétrocédés par les adouls.) » Bon, il est musulman, maintenant, ce gros balourd, autant *vraiment* le marier. À qui ? À ma cousine Daouia, pardi ! (Gain : la reconnaissance éternelle, qui peut d'ailleurs se monnayer, de son chaouch de père ; et de Daouia elle-même, à laquelle je fournis un mari clé en main (clé de la villa, naturellement) et que je sors ainsi de sa condition de réprouvée. Gain supplémentaire : on verra plus tard, avec une cousine dans la place,

1. Les spécialistes affirment que le fameux Réti (Richard Réti, 1889-1929) ne jouait pas autrement.

il y a certainement du *bon*, des choses à gagner, je ne sais pas, moi… je pourrais vendre les fruits du jardin ?… emprunter des outils, repeindre les murs contre argent sonnant et trébuchant ?) Oui, mais maintenant que l'idiot est vraiment marié à la traînée, il renâcle, il veut qu'on le désentrave, ce que je fais promptement. (Gain : les *frais de répudiation*, inventons ce concept.)

Et ainsi de suite. Coup après coup, le Réti de Khouribga, penché sur l'échiquier, les yeux à quelques centimètres des pièces qu'il manipule, avance, trébuche, se relève, louvoie, pousse, progresse. On verra bien la fin de tout cela. À chaque coup suffit sa peine.

*

* *

Donc Daouia tomba enceinte. Son ventre s'arrondissait. Matchek n'eut plus d'autre choix que d'accepter définitivement qu'il se trouvait marié, sans l'avoir voulu – ni même su, au départ – à une beauté brune native de Khouribga – une ville dont il ignorait jusqu'à l'existence quelques années plus tôt.

Les jours passèrent, et puis les semaines. Le Polonais ne fréquentait plus le *Café de la Poste*. Il avait rompu avec la classe ouvrière et, en premier lieu, avec ce Moussa qui l'avait mis dans ce pétrin (certes délectable, en fin de compte, mais tout de même…).

Daouia, qui se révéla être une femme de tête, avait mis de l'ordre dans la vie de Matchek. Elle lui avait interdit de fréquenter les ouvriers. De la villa au cabinet de dentiste, puis le chemin inverse : son monde se rétrécit à des lieux familiers et à la seule personne qui comptait désormais pour lui, et qui portait en elle sa descendance.

Le week-end, ils partaient en voiture à Casablanca, où personne ne les connaissait. J'imagine qu'ils faisaient ce que font les jeunes couples en goguette à Casablanca : un tour en voiture sur la Corniche, une petite promenade, on déguste une glace, on se baigne, on prend le soleil ; puis, le soir venu, on va dîner dans un bon restaurant. Le bonheur sans histoires, loin de Khouribga et des regards malveillants ou moqueurs.

Lorsqu'elle accoucha d'un petit garçon (qui portait donc les gènes, « bien étonnés de se trouver ensemble », de plusieurs héros mythiques : Lech, Tchech, Rouss et Abou Zayd le Hilali[1]), il fut prénommé Adam, j'allais dire « comme tout le monde » – je veux dire : voilà un prénom qui convient à tous, puisque c'est celui de notre ancêtre

1. Abou Zayd Ibn Rizq al-Hilali était le chef des Banou-Hilal au Xe siècle. Ce fut ce guerrier mythique qui conduisit la conquête du Maghreb.

commun, même s'il est assez peu usuel sur le plateau des phosphates et dans le reste du pays. Va pour Adam.

*

* *

L'année suivante, je fus muté à Casablanca par *l'Office*. Mes nouvelles responsabilités m'éloignèrent de la mine et de ce qui se passait autour. Il m'arrivait cependant de rencontrer, au gré de mes déplacements professionnels, ou par hasard, des ingénieurs qui étaient restés à Khouribga. Nous parlions de tout et de rien ; et parfois de Matchek, dont les mésaventures avaient défrayé la chronique. Chacun y allait de son anecdote ou de son appréciation. Je finis par me faire une idée assez précise de la suite des événements.

Elle vaut le détour.

Très vite, le couple le plus bizarre – et le plus mal parti – de Khouribga eut un deuxième enfant, une fille, qu'ils prénommèrent Hanna – encore un prénom qui pouvait être prononcé à la polonaise ou à la marocaine, qui donc n'engageait à rien et préservait l'avenir. Un excellent choix, en somme.

Avec leurs deux enfants, Matchek et Daouia formaient un couple casanier, très uni, qui ne sortait quasiment jamais. Il faut dire que leur grande villa, avec son beau jardin, sa pelouse et ses arbres fruitiers, leur suffisait amplement.

Dès que les deux enfants furent en âge d'aller à l'école, leurs parents s'arrangèrent pour qu'ils fissent l'école française par correspondance. Matchek parlait polonais avec ses enfants, pour qu'ils apprissent la langue de ses ancêtres, mais il tenait à ce qu'ils fussent élevés dans la langue de Clemenceau[1]. Il y avait, à Khouribga, plusieurs Françaises, mariées à des ingénieurs marocains, qui s'ennuyaient un peu dans leurs grandes villas. Certaines d'entre elles consentirent volontiers à venir donner des cours aux deux enfants, si « mignons », si « adorables ». Quand il faisait beau, très souvent donc, les cours se déroulaient à l'ombre du chêne. Tout le monde y trouvait son compte.

Daouia assistait à tous les cours et apprenait au même rythme que ses enfants. De fait, elle ne cessa jamais d'apprendre, comme tous ceux en qui l'intelligence s'unit à la curiosité. Des années après, leur voisin me raconta que, les ayant un jour invités à déjeuner avec leurs enfants, il fut stupéfié par l'aisance avec laquelle elle parlait français, ainsi que par l'étendue des sujets sur lesquels elle

1. Le 16 août 1914, Clemenceau écrivit dans *L'Homme libre* : « La Pologne revivra. Un des plus grands crimes de l'Histoire va prendre fin. » Effectivement, la conférence de paix de Paris (1919) consacra, sous l'impulsion du même Clemenceau, la renaissance de la Pologne.

pouvait disserter. Il faut dire que Matchek était lui-même cultivé, malgré son air mal dégrossi. Il devait avoir plaisir à faire l'éducation de sa femme.

Oui, Daouia avait maintenant un point de vue sur tout, mais le plus important, c'est qu'elle pouvait l'exprimer, ce point de vue. Elle avait des choses à dire et les mots pour les dire.

Ils étaient loin, l'émigré brutal de Milan et Lhouari, le geôlier cruel. Ils n'auraient pas reconnu dans cette femme élégante et sûre d'elle l'adolescente qu'ils avaient voulu briser.

Matchek fut-il mis au courant du passé de sa femme ? Il le fut sans doute, tôt ou tard ; mais, justement, quel était-il, ce fameux *passé* ? Il constituait, certes, un lourd *passif*, pour les habitants du coin ; mais pour lui, Matchek, qui venait d'un autre monde, les faits nus – elle avait été mariée deux fois, répudiée deux fois –, les faits qu'il fallait dégager de leur gangue de commentaires malveillants, d'insinuations, de on-dit, qu'il fallait distinguer nettement de cette vilaine histoire, jamais prouvée, de prostitution, les faits nus pouvaient signifier tout autre chose. Et d'abord ceci : Daouia était une victime.

Oui, une victime. Il est très curieux que s'opère si fréquemment l'inversion par laquelle la victime devient coupable, bouc émissaire de nos fautes non avouées, de nos craintes, de nos fantasmes.

J'ai dit plus haut que les yeux toujours écarquillés de Matchek me donnaient l'impression qu'il était plongé dans un perpétuel étonnement. Eh bien, ce sont ces yeux-là qui ont vu juste, j'en suis sûr, à la grande honte des autres, qui croient *discerner* et n'aperçoivent en fait que leur propre scélératesse.

Il n'est pas interdit d'imaginer la scène suivante : Daouia racontant sa courte et brutale cohabitation avec le Milanais, puis l'enfermement, le sentiment atroce d'être enterrée vive – elle n'avait pas vingt ans ! – pendant le second mariage ; et Matchek la prenant dans ses bras pour la consoler, pour chasser à jamais ces ombres des yeux de sa femme. Il comprenait maintenant pourquoi elle avait l'air si triste le jour de leur mariage, pourquoi ses yeux agrandis par le khôl étaient aussi mélancoliques. Si elle avait si mal joué son rôle, c'est parce qu'elle ne jouait aucun rôle, en fait : elle revivait deux expériences malheureuses. Quelles chances avait cette troisième tentative ?

Il n'est pas interdit d'imaginer qu'en vivant avec Matchek, jour après jour, Daouia avait repris confiance dans la bonté des hommes, ou de certains d'entre eux.

*

* *

Il y a une sorte d'épilogue, assez banal, j'en conviens, à cette histoire. Il a eu lieu une vingtaine d'années après les faits. Là, je me souviens de tous les détails, je n'ai pas besoin de broder.

Vingt ans plus tard, donc, je rencontre à Paris, à l'occasion d'une conférence à Sciences Po, deux jeunes Marocains, frère et sœur. Lui est centralien, il commence une carrière prometteuse à la BNP ; elle est étudiante à Sciences Po, justement. Ils sont souriants, aimables, intelligents… et surtout très beaux, de cette beauté étrange du métis qui allie les yeux clairs à la peau mate, ou les yeux de Carmen à une peau d'un blanc laiteux. Sachant que j'avais travaillé, jadis, à Khouribga, ils m'affirmèrent qu'ils y étaient nés tous deux, leur père y étant dentiste…

Sur une intuition, je m'écrie :

— Vous êtes les enfants de Matchek et de Daouia !

— *Maciej*, oui, répondit le jeune homme (il prononça « Matchay »), mais notre mère s'appelle *Maria.*

La jeune fille ajouta :

— Mais Daouia, c'est son vrai prénom, je l'ai vu sur son passeport !

Le jeune homme sourit, légèrement gêné.

— Oui, mais bon, personne ne l'appelle ainsi. Tout le monde dit : Maria.

Nous continuâmes de bavarder. Adam s'orientait vers la haute finance, Hanna, qui parlait cinq langues, dont le polonais et l'arabe, vers la diplomatie (« le Quai d'Orsay », ça sonnait bien). Bien entendu, je ne leur dis rien de ce que je savais sur leurs géniteurs, mais j'étais quand même assez ému, et même, par instants, quand je les contemplais à la dérobée, sidéré : j'avais sous les yeux ce que peut donner la fameuse *rencontre fortuite sur une table de dissection d'une machine à coudre et d'un parapluie.* À toi, Lautréamont ! Ce n'était *pas mal*, à dire le moins. Et (pour rester dans les citations) *tout cela donne d'excellents Français*, vu leurs plans de carrière.

*

* *

Parfois, quand je me trouve en société et que la conversation porte sur l'insolite du monde, les coups du sort, les bizarreries de l'existence, je repense à l'étrange histoire du mariage du Polonais. Elle contient sans doute une morale, peut-être même plusieurs, comme les contes de notre enfance.

Pour qui croit en Dieu ou en la Providence, comment ne pas voir, dans cette comique affaire qui connut un dénouement heureux, l'exécution parfaite d'un plan quasi divin ? Pour l'historiciste convaincu, qui consentirait tout de même à réduire l'univers aux dimensions de Khouribga, comment ne pas y voir une *ruse de l'Histoire* ?

Résumons.

Voilà un homme, Matchek, *sans importance collective, tout juste un individu*, que des circonstances exceptionnelles dérangent de sa Pologne natale, où il aurait dû vivre le *reste de son âge*, pour l'installer sur un plateau aride, dans un Maroc qu'il ne connaît pas et où sa propre communauté le rejette, parce qu'il ne se conforme pas à la norme – une norme édictée par qui, par quoi ? sinon par les idées reçues, la crainte de l'autre ou un sentiment injustifié de supériorité sur des gens dont on ne sait rien.

Voici une femme, Daouia, ballottée par le sort, *victime raisonnable au regard d'enfant perdue*, deux fois mariée à des salauds (il n'y a d'adéquat que ce mot), et que des préjugés imbéciles condamnent à une vie de réprouvée dans une ville où aucun espoir n'est permis.

L'intervention d'un traître de comédie, Moussa, qui n'est que l'instrument aveugle du démiurge, fait que les destins de ces deux exilés s'accolent – et il en sort, en fin de compte, oserai-je user d'une formulation aussi mièvre, du « bonheur pour tous », et deux enfants superbes.

Oui, du bonheur pour tous. Tant pis pour les cyniques ! Le mariage du Polonais, que j'ai fini maintenant de raconter, c'est le genre d'histoire qui commence de la façon la plus farfelue et se termine de la façon la plus émouvante, de sorte qu'on pourrait en dire, avec le poète : *Que de fois j'ai souri de l'entendre, et plus souvent pleuré !*

Le père, le fils et le Vengeur masqué

— Vous vous souvenez du Vengeur masqué ?

Des questions pareilles, ça peut mener loin. Dans un monde idéal, on n'y répondrait pas ; et rien, alors, ne se passerait. Nous nous trouvions, ce jour-là, épandus sur des chaises dépareillées, au *Café de l'Univers*, à Casablanca, moitié somnolents, moitié être-là. Dedieu, ç'qu'i f'sait chaud ! Nous fondions sur pied comme autant de chandelles évanescentes, nous nous liquéfiions, flaques nous devenions – et voilà que Hamid nous entreprenait à propos d'un lutteur porteur de loup. Misère !

Seul Najib, l'œil mi-clos, eut la force de grommeler :

— Non… On ne s'en souvient pas.

— Mais si, voyons, le Vengeur masqué !

— Mais non.

— C'est une histoire complètement dingue ! Avec un père et son fils…

— Fiche-nous la paix.

— Inouïe !

— Grmmmblll.

Hamid, bravant l'indifférence générale, tout à son envie irrépressible de raconter, se carra dans son siège de plastique blanc et se lança, dans la torpeur moite du moment :

— C'était dans les années soixante-dix. Le catch était alors une industrie florissante au Maroc, surtout à Casablanca : un legs des Français.

— Qu'est-ce que tu nommes « un legs des Français » ? Casa ou le catch ?

— Les deux. (Si vous commencez à m'interrompre, on n'aura pas fini avant le retour de la comète.) Donc, le catch. Il y avait partout de grandes salles sombres, un peu crasseuses, où seul le ring était éclairé ; et, sur ce ring, des individus conséquents, dégoulinants de sueur et vêtus comme des clowns, se foutaient des gnons sur la gu... en gémissant atrocement, à la grande joie des spectateurs. Les Romains avaient le pain et le cirque, nous avions la *bissara*[1] et le catch. Cela suffisait à notre bonheur, dans les années soixante-dix. On n'était pas encore entrés dans la société de consommation, la recherche effrénée du « toujours plus ! », le matérialisme éhonté, la...

— Oui, c'est bon, on a pigé ; continue.

1. Purée de fèves. Plat bon marché et populaire au Maroc.

— Il faut noter une chose : si le monde entier a bien compris que le catch, c'est du chiqué, eh bien, à l'époque, on ne le savait pas, au Maroc. On croyait vraiment que tous ces athlètes se haïssaient spontanément, ou peut-être parce qu'ils s'étaient entr'insulté leurs mères. On était persuadés qu'ils désiraient vraiment (et fortement) la mort les uns des autres. C'était une sorte de grande bagarre authentique, qui avait ses raisons que le public ne connaissait pas, et qui se déroulait, va savoir pourquoi, devant des spectateurs payants et à heures fixes. Et les coups qu'ils se portaient, on les ressentait presque, dans les tribunes. Les spectateurs ressortaient cabossés des matchs, tant ils y croyaient. Certains chancelaient…

Najib secoua la tête.

— Ce qu'on était naïfs, à l'époque !

— Oui, approuva Dadane, c'était l'âge de l'innocence.

— Tu as remarqué que l'âge de l'innocence, c'est toujours *avant* ? On n'y est jamais, dans cet âge-là. Le présent, c'est toujours une espèce de désenchantement général.

— C'est le règne des cyniques, des blasés…

— Finalement, on n'a pas une très haute opinion de nous-mêmes.

— Y a pas un film qui porte ce titre, *L'Âge de l'innocence* ?

Hamid, qui avait suivi avec une irritation grandissante cet échange de propos frivoles, abattit son poing sur la table de plastique à moitié fondue par la chaleur.

— Assez ! Vos gueules ! Vous m'emmerdez avec votre film, je raconte une histoire !

On se tut, piteux. Il reprit son exposé :

— À l'époque, le plus grand catcheur de l'univers, ou au moins de Casablanca, s'appelait Tawa l'Indien. La terreur des rings ! Ouh là là... Tawa l'Indien ! Il avait massacré à peu près tout le monde, c'était l'Attila du pugilat, mais curieusement les morts ressuscitaient dans son sillage, ce qui n'était pas le cas d'Attila le Hun.

Il reprit une gorgée de café.

— Donc Tawa l'Indien – qui dans la vie quotidienne s'appelait Ba Bouchaïb, comme tout le monde – régnait sur le ring. Mais ça ne lui suffisait pas, financièrement parlant. Ils avaient beau rugir, ces catcheurs, braire, cracher et épouvanter l'*urbi* et l'*orbi*, ils ne gagnaient que des clopinettes, une fois déduits les pansements et le chloroforme. Les promoteurs, eux, s'en mettaient plein les poches. Tiens, par exemple, vous vous souvenez de Hadj Bernoussi ?

— Le gars qui possédait tous les cinémas de Casablanca ?

— Exact, enfin, *presque* tous les cinés ; mais il avait surtout fait fortune dans la promotion des combats de boxe et de catch. C'était un homme remarquable qui…

Quadruple interjection :

— Oublie Bernoussi !

— Concentre-toi !

— Raconte l'histoire du catcheur !

— Donc Tawa… ?

Hamid, rangeant l'histoire de Hadj Bernoussi dans un tiroir de son cerveau (on ne perdait rien pour attendre), obtempéra :

— *Comment pourrais-je gagner plus d'argent ?* se demandait parfois Tawa en étranglant distraitement le Géant des Doukkala ou en émasculant, d'un geste vif, celui qui allait devenir, bien obligé, l'Eunuque de l'Ourika. Ce n'était pas simple. À part son mètre quatre-vingt-dix et ses cent vingt kilos, il avait quoi comme diplôme, Ba Bouchaïb ? Rien, *nada*, *oualou*. Il ne savait ni lire ni écrire. La légende dit que c'est au moment où il plaçait une fourche dans les yeux du Tueur du Tadla qu'il eut l'idée géniale qui allait « renverser le cours de l'Histoire », comme on dit dans les livres.

— N'exagérons rien.

— Regardant ses deux doigts, l'index et le majeur, s'enfoncer dans les globes oculaires du Tueur du Tadla, Ba Bouchaïb eut la révélation du chiffre 2. Il se dit : *Et si, moi aussi, je devenais deux (comme mes doigts fichés dans la trogne repoussante de Bouchta (c'est ainsi que se prénom-*

mait le Tueur*))? Hein ? Si, moi aussi, je devenais deux ?*

— Il voulait devenir Dieu ?

— Non, il voulait devenir deux. *Dos, jouj, two.*

— Mais Dieu est unique, non ?

— Qui te parle de Dieu, crétin ? J'ai dit : « Il (Tawa) voulait "devenir deux". »

Frémissement d'intérêt à la surface de l'*Univers* (comme l'effet d'un caillou jeté dans une mare paisible, etc., (… par une belle après-midi d'été, etc., etc.)).

— Comment ça ? demanda-t-on, interloqué, autour de la table. Qu'est-ce que ça veut dire ?

— C'est simple, mettant son plan à exécution, il s'inventa une deuxième personnalité : le Vengeur masqué. Masqué, hé hé… Vous avez compris ? Personne ne pouvait reconnaître derrière le loup le bon vieux Tawa l'Indien. C'était, tout simplement, génial !

Nous nous redressâmes, soudain attentifs. L'un de nous protesta :

— Allons donc ! Et son nez, sa bouche, sa mâchoire… sa moustache, s'il en avait une ? Son déhanchement caractéristique, s'il en avait un ?

— C'est parce que tu penses au carnaval, aux loups délicats de la comtesse ou du marquis quand ils se rendent au bal masqué du duc. Mais on n'était pas à Venise chez les nobles, on était à Casablanca, dans les quartiers rugueux du populo, genre « Carrières centrales » ou « Ben M'sik » ou « Ancienne Médina ». Ba Bouchaïb, qui était débrouillard, se fit d'un morceau de pneu récupéré dans une décharge une espèce de loup noir qui lui dévorait la face et ne laissait dépasser qu'un bout d'oreille. Houououou… Il était effrayant, le masque du vengeur, on avait des velléités de reddition rien qu'à regarder le résidu de Goodyear qui semblait celer d'atroces balafres ; ou, au moins, l'absence d'un nez. Personne n'aurait pu reconnaître Tawa l'Indien sous le caoutchouc, pas même sa mère (Dieu ait son âme) ! Il se présenta ainsi chez Hadj Bernoussi, déploya son mètre quatre-vingt-dix, contracta quelques muscles, souleva d'une-main-d'une-seule une chaise qui ne lui demandait rien, brailla quelques mots rocailleux en contrefaisant l'accent du Souss ; et le Hadj, ébloui, l'embaucha sur place. Il faisait désormais partie de son écurie.

— Mais attends, c'est incroyable, cette histoire. Personne ne s'aperçut que Tawa et le Vengeur, c'était kif-kif bourricot ? En dehors du ring, je veux dire : la ressemblance entre les deux n'a jamais frappé personne ?

— Non, pour une raison simple : le Vengeur masqué jamais son masque n'enleva. Il prétendait, comme les grands acteurs, jouer son rôle constamment, même en dehors du ring. En achetant une once de pépites de tournesol au *hanout*[1], après un match, il était encore *li Vageur masqui*. Avec son Goodyear sur la tronche. C'est ainsi qu'il apparaissait, c'est ainsi qu'il disparaissait. Il ne jouait pas un rôle, il l'incarnait.

— De Niro, il n'a rien inventé : la fameuse « méthode », c'est Ba Bouchaïb.

— D'autre part, il se présentait toujours de trois quarts, dans une sorte de clair-obscur digne de Rembrandt. Pour tout dire, il préférait le crépuscule aux autres heures de la journée : il ne se montrait qu'alors. Et encore, furtif… insaisissable… le furet ! Pour cette raison, certains le supputaient vampire (le Dracul' de Casa) et lui ne levait pas l'ambiguïté. Ça l'arrangeait, ça faisait encore plus peur à la foule. Cette atmosphère trouble qui environnait le nouveau héros arrangeait le promoteur, Hadj Bernoussi. Il fit courir le bruit que le Vengeur n'était autre que Marcel Cerdan ressuscité, ou le fils caché du sultan, ou au moins Eddie Constantine jeune ; la presse raffola du ragot et le répandit dans le royaume ; et Bernoussi doubla le prix des places et des cachets. Tawa et le Vengeur en profita quadruplement, si vous m'autorisez cet affront aux règles de la conjugaison, vu l'insolite du fait.

— On t'autorise.

1. Mélange d'épices.

— Vous avez compris « quadruplement » ? Parce que chacun des deux lutteurs avait doublé son cachet, donc Ba…

— On a compris. On sait multiplier 2 par 2.

— Pendant quelques années, la combine marcha à merveille. C'était un peu fatigant, car Ba Bouchaïb, sous les espèces de Tawa et du Vengeur, devait prendre part à plusieurs combats par soirée…

Interruption de Najib :

— À propos, il vengeait qui, il vengeait quoi, ce fameux Vengeur ?

Hamid, après un moment de silence, avala une gorgée de café (il savait ménager ses effets), prit un air douloureux et affirma sur un ton grandiloquent :

— Nul ne l'a jamais su !

Nous nous mîmes à réfléchir à cette énigme. Puis quelqu'un :

— C'était peut-être le Vengeur dans l'absolu, *par essence* ? S'il y a un tort quelque part dans l'univers, il se présente, farouche, inflexible, pour le redresser ! Il sait d'instinct où sont les torts, où l'injustice prospère, où la veuve pleure et l'orphelin renifle.

— C'est comme le Surfer d'argent.

— Encore un catcheur ?

— Mais non, c'était un superhéros. Tu te souviens, quand on était petits ? Marvel ?

C'est à ce moment que Dadane posa cette question d'une immense portée philosophique :

— Mais alors, très logiquement, il aurait dû s'affronter lui-même ?

— Comment ça, « très logiquement » ?

— Suppose : il tue samedi la Bête du Gharb ; le mercredi suivant, il doit venger ladite bébête, puisqu'il est le Vengeur universel. Donc, il doit s'affronter lui-même. C'est logique.

— On dirait le théorème de Gödel. Ou le ruban de Möbius. Ça rend fou.

Hamid prit un air sibyllin :

— Vous ne croyez pas si bien dire...

— Pourquoi tu prends un air sibyllin pour nous dire cela ?

— Parce que prenons d'abord un autre café, après j'vais vous dire.

Le Maure vint relever les compteurs. Hamid s'abreuva puis reprit son air sibyllin qui s'évapora bientôt quand il eut à préciser les choses.

— Donc, pendant quelques années, la combine fonctionne. Ba Bouchaïb, Tawa par-ci, Vengeur par-là, trace son chemin en semant, à droite à gauche, moult corps concassés... D'être deux, il n'en était que plus fort.

— C'est joliment dit.

— Pif, paf, pouf ! Au suivant ! La foule, enthousiaste, acclamait Tawa et ensuite le Vengeur masqué, ou inversement ; puis se répandait dans les cafés environnants où elle se divisait sur cette grave interrogation : qui était le plus grand catcheur de l'univers et de tous les temps ? « L'Indien ! » hurlaient les uns ; « Li Vengeour ! » tonnaient les autres. L'Indien ! li Vengeour !, c'étaient deux grandes clameurs qui s'affrontaient sur l'air des lampions, deux immenses bourdonnements sous la lune. Casablanca en tremblait sur ses bases. Ça finissait par une bagarre générale, là sur le trottoir, devant les cafés, car ce genre de questionnement exige qu'on conclue. À l'époque, la vie était simple. Un quignon de pain, une cannette de bière, quelques vociférations, un bon petit pugilat le samedi, on était contents de vivre.

— Heureuse époque !

— Temps bénis !

— Malheureusement, tout cela ne pouvait pas durer. Si tu es le plus fort, et si le deuxième, c'est encore toi (ou l'inverse), ce n'est qu'une question de temps... Vous voyez où je veux en venir, amis ? (Une gorgée de caoua.) Ce qui devait arriver arriva : un jour, le promoteur Hadj Capote (vous vous souvenez de Hadj Capote, le rival de Bernoussi ?) eut enfin l'idée géniale d'opposer ces deux grands héros du catch marocain : le Vengeur masqué contre Tawa l'Indien... Attends, je vais la refaire, en mettant le ton. (Guttural, caverneux :) Le Vengeur masqué versus Tawa l'Indien !

— On tremble de peur.

— Capote proposa la chose à Bernoussi, qui répondit tope là. Les deux margoulins y trouvaient leur compte. Le Vengeur masqué contre Tawa l'Indien ! Ça avait d'la gueule sur l'affiche, laquelle s'étalait partout : dans le Maarif, qui était alors un quartier espagnol, à Anfa, aux Roches-Noires. Le badaud s'exorbitait, lisant dix fois la phrase pour s'épouvanter dix fois à bon compte. Les photos floues, mal cadrées et dégoulinantes d'encre noire renforçaient l'effroi qui s'était abattu sur la ville. Au *Café Marcel Cerdan* et partout ailleurs, les paris allaient bon train. Qui allait massacrer qui ? Le Vengeur ou l'Indien ? Il y avait, comme on dit, « deux écoles de pensée ». Chaque thèse avait ses partisans. Ça supputait ferme. Y avait d'l'argument, de la démonstration, de la preuve.

— Mais attends, attends : le catcheur double avait accepté la proposition de Capote et de Bernoussi ? Il était fou ? Il n'avait pas vu l'impossibilité de la chose ?

— Eh oui, il avait accepté. Je sais, ça peut paraître bizarre, mais il y avait l'effet de surprise. Abasourdi dans le bureau de Hadj Bernoussi, Capote présent, confronté (en tant que Tawa) à l'offre des deux grossiums, il avait signé des quatre mains, c'est le cas de le dire. Revenu de sa sidération, quelques heures plus tard, Ba Bouchaïb n'osa pas retourner au bureau et révéler le pot aux roses aux promoteurs. En fait, s'il retourna au bureau, ce fut affublé du pneu pour signer en tant que Vengeur masqué.

Najib leva un doigt.

— Moi, je comprends pourquoi il ne pouvait rien dire. Suppose qu'il veuille le faire. Mais sous quel nom ? S'il s'en va tout avouer en tant que Tawa l'Indien, ce dernier est irrémédiablement discrédité, et Ba Bouchaïb ne peut plus exister qu'en tant que Vengeur. Et s'il se dénonce affublé du loup, il perd ce personnage, bye-bye le pneu, et ne sera jamais autre chose que l'*Indien.* Dans les deux cas, il perd une facette de son identité. Or *nous ne sommes entiers que lorsque nous acceptons toutes les facettes de notre Moi.*

Il avait mis les italiques, c'était donc sérieux. Après quelques instants de réflexion, Dadane fut le premier à répondre à Najib :

— Ça a l'air assez profond, ce que tu dis (l'identité, qui suis-je ? qui sommes-nous ?...) mais, si tu permets, on est fatigués de penser, on préfère que Hamid continue son histoire.

— Ouais, bon, d'accord, si on ne peut plus rien dire...

Hamid continua donc.

— Le grand jour arrivait et Ba Bouchaïb n'avait pas réglé l'insoluble problo. *Qui suis-je vraiment ?* se demandait-il en se regardant dans le miroir, le *Vengeur masqué ou Tawa l'Indien ?* Question vertigineuse ! Le miroir restait silencieux.

— Ouais, il avait plutôt l'habitude qu'on lui demande : « Suis-je la plus belle ? »

— Ce dont jamais catcheur ne s'enquit. Ou alors, très discrètement.

Hamid haussa les épaules et continua son récit.

— Les jours passaient, la date fatidique approchait et Ba Bouchaïb n'en menait pas large. Le Hadj Bernoussi lui annonçait triomphalement, le cigare au bec, les pouces passés dans les entournures de son gilet, que tous les billets d'entrée avaient été vendus, que les journaux allaient sortir des éditions spéciales, que la radio allait transmettre le truc en direct, que *Le Petit Marocain* promettait *le match du siècle…*

Nous nous récriâmes :

— Y en a un tous les mois, des matchs du siècle !

— Aujourd'hui peut-être, bande de cyniques, mais à l'époque, c'était le temps de l'innocence…

— Nous y re-voilà.

— … on croyait vraiment à ce genre d'événement inouï : « Le match du siècle ! » Imaginez l'angoisse de Ba Bouchaïb, sur les épaules de qui reposait la chose. Déjà, affronter un adversaire redoutable dans un « match du siècle », c'est assez impressionnant ; mais être soi-même *tout* le match du siècle, y avait de quoi affoler le plus serein des catcheurs. Emmuré au fond de sa solitude, pris dans les rets des ressassements rassis, l'homme double sombrait dans la tristesse. Et puis, un jour, il eut une révélation. La solution s'amena toute seule, comme une grande.

Hamid s'arrêta et nous regarda d'un air rusé.

— Devinez !

Nous fîmes assaut de suggestions :

— Il s'enfuit au Brésil ? Il se suicide ? Il brûle la ville, au petit matin ? Il tue le Hadj Capote ? Il va implorer le roi en son palais ? Il…

— Vous n'y êtes pas. Quand je dis : « La solution s'amena toute seule », il faut le prendre au pied de la lettre. Réfléchissez.

Nous ne trouvâmes rien. Hamid triomphait. Il reprit :

— Un soir, alors qu'il se morfondait dans sa chambre, étendu sur le lit, les bras en croix…

— C'est fou, tu racontes avec des détails, on dirait que tu étais présent. Tu n'étais même pas né, à l'époque.

— Ouais, mais c'est quand même mon histoire. Donc… étendu sur le lit, les bras en croix, abattu. Voilà que son fils entre dans la pièce et demande à Ba Bouchaïb s'il veut un bol de purée de fèves en guise de goûter, « les voisins viennent de nous en offrir une pleine casserole ». L'œil las du catcheur catche l'aspect de son fils, y a un jeu d'ombre et lumière, il sursaute : *Ma parole, vu d'ici, c'est-à-dire de mon lit, on dirait qu'il porte un loup, mon fils aîné, ce grand échalas, va-t-il enfin servir à quelque chose, cette ombre incidente sur son visage, ma parole, mais on dirait que c'est moi ! Mais je la tiens, nom de Dieu, la solution, je la tiens !* Il saute au pied du lit, prend son fils par les épaules, le secoue comme un prunier. « Eurêka ! » « Et la bissara, mon père ? » « Il s'agit bien de purée de cornegidouille ! J'ai enfin trouvé ce qui nous sauvera tous ! »

Hamid nous regarde l'un après l'autre, l'œil luisant.

— Vous avez compris ?

— Non. Rien du tout. C'est la bissara qui va sauver le monde ?

— Bande de fainéants ! Réfléchissez un peu ! Au comble de l'excitation, Ba Bouchaïb va fouiller dans un tiroir secret de la commode, se saisit du morceau de pneu et hop !... il te me déguise son fils aîné en Vengeur masqué !

Saisissement général autour de notre table. C'était donc ça !

— Oui, c'était ça, le plan ! Ba Bouchaïb ne lâche plus son fils, il annule tous ses rendez-vous (c'est une façon de parler, à l'époque, ça n'existait même pas, les rendez-vous, les gens n'avaient pas de montre) et passe tout son temps avec lui. « Je vais tout t'apprendre ! » Le fils, obéissant, ouvrait grands ses yeux et ses oreilles. Tout en le gavant de tagines (si la taille convenait, il fallait encore au jeune homme de l'épaisseur), il lui enseigna en quelques jours les ficelles du métier. « Voici comment on fait une clé, voilà un souplex... » Pour mieux lui faire comprendre les subtilités de l'ignoble art, il l'emmena sur la terrasse de l'immeuble et y installa leur camp d'entraînement. Il interdit à quiconque d'y monter – on ne discutait pas les ordres de Tawa l'Indien –, sauf aux femmes qui, à heures fixes et les yeux baissés, apportaient force plats de lentilles à la viande séchée, de couscous, de *halba*[1], de *belboula*[2], enfin, de tout ce qui peut faire d'une espèce de fil de fer humain un gros catcheur rugissant.

— Tu nous mets l'eau à la bouche.

— Ça fait longtemps que je n'ai pas mangé de belboula.

Hamid, ignorant ces incises qui n'apportaient rien, allait l'amble :

— Notez ceci, c'est très important : le fils était un grand dadais timoré, bourré de complexes et bourrelé d'inhibitions. Il n'était que l'ombre de son père. « La gloire de mon père », disait Pagnol... Tu parles ! La gloire de Tawa, elle écrasait son papoose. N'existait point, le *moutchou*, comme on disait alors.

— C'est mignon, « le moutchou ».

— Le grand jour arriva. La foule a envahi les gradins, dès tôt, et en occupe chaque centimètre

1. Fenugrec.
2. Soupe d'orge.

carré. Une sorte de grondement sourd sature l'atmosphère, ce sont mille conversations qui tissent cette plainte vague qui semble venir de tous les coins de l'immense chapiteau – ce chapiteau qui abritera dans quelques instants *ze* match *of ze* siècle. L'excitation est à son comble, on s'empoigne dans les tribunes, les lazzis insultants semblent strier l'épaisse fumée goudronneuse qui noie l'agitation générale…

— Y a l'feu ?

— Non, mais chacun tire furieusement sur sa *Casa Sport* ou sa *Favorite* ; et on se jauge, et on se toise, et on se nargue. « T'es pour qui, toi ? Tawa ? Pfffff… N'en fera qu'une bouchée, le Vengeur. » « Tu rêves. Tawa le mangera tout cru ! » Les marchands de pépites de tournesol et de pois chiches grillés ont travaillé toute la nuit pour fournir en denrées la foule qui mâchonne furieusement et crachote autant qu'elle peut.

Et puis le moment que tout le monde attendait arriva. Roulement de tambours lointain (c'est une fanfare qui répète dans les environs, juste une coïncidence). Une sorte de rumeur ondule sur les gradins. Coup d'cymbales, ou c'est tout comme. Le ciel se fend, l'éclair luit – ce sont les reporters qui mitraillent à tout va de leurs appareils photographiques. Les deux catcheurs entrent dans le chapiteau, suivis de quelques acolytes qui roulent des yeux terribles comme si eux aussi s'apprêtaient à massacrer quelqu'un. La foule beugle. L'échiquier vibre.

Tout se met en place très vite. Les antagonistes sont maintenant sur le ring. Le gong gongue. Tawa l'Indien, la mâchoire serrée, l'œil farouche, se précipite sur le Vengeur, lui met une claque, d'autor', paf !, puis te me l'empoigne, te me le retourne comme une crêpe, et te me l'envoie dans les cordes, à la volée, comme on le ferait d'un sac de farine qu'on mépriserait singulièrement.

La foule hurle qu'elle est tout à fait d'accord avec cette façon de procéder, qu'elle n'y voit aucun inconvénient, « vas-y, continue, mets-lui des coups ! » Les journalistes affûtent leurs adjectifs et préparent quelques adverbes saignants pour l'édition du matin.

Le Vengeur se relève. Il ne bouge pas. Il est tétanisé. Il est redevenu petit enfant face à la fureur du père. Tawa a le temps de descendre du ring, de prendre une ceinture sur une table – c'est un truc qu'il fait souvent, un *gimmick*, comme on dit chez les Ricains –, il remonte sur le ring, empoigne le Vengeur comme on le fait d'un môme, par la peau du cou, et lui met plusieurs coups de ceinture sur son musculeux derrière. Ma parole, mais c'est une fessée ! Une correction ! La foule glapit. « Corrige-le ! Tue-le ! »

Que fait le Vengeur ? Rien. Tétanisé, vous dis-je. Hébété. Aux abonnés absents. Tawa jette sa ceinture par terre, fait valser son fils et lui porte un vicieux « brise-mâchoire » dans le dos, puis lui assène un *powerslam* pour le tombé final.

Debout, des milliers d'hommes braillent, sifflent, aboient. Ils attendent le coup de grâce. « Allez, tue-le, qu'on en finisse ! »

C'est alors que…

C'est alors qu'il se passe quelque chose de curieux. Alors qu'il gît, toujours inerte, comme s'il n'était jamais entré en ce combat douteux, voilà que l'œil du Vengeur semble s'allumer. Une lueur y apparaît. C'est que dans la foule, au premier rang, il a aperçu son ami Rachid…

— Y a toujours un Rachid dans tes histoires.

— … et que Rachid lui rappelle la sœur d'icelui, Fatna. Dont il est amoureux depuis l'année des sauterelles. Rachid m'a raconté ce moment… qu'est-ce qu'on va dire ? *Fatidique* ? Allez, fatidique. Donc le Vengeur regarde Rachid et il semble sortir du néant au sein duquel il subissait les coups de son père. Il contemple Rachid et semble *renaître* à cet instant précis. Quelque chose se fait jour dans son cerveau malmené. Et ce quelque chose, amis, j'ose à peine le formuler…

— Ose ! Ose !

— Ce qui se formule à ce moment-là dans son cerveau, la très dangereuse question qui surgit en lui, c'est : *Jusques z-à quand devons-nous supporter la tyrannie de nos pères ?*

— Question blasphématoire !

— Certes ; mais que de tous les animaux, seul l'homme se pose. Le gorille ne se la pose pas. Dès qu'il peut casser la gu… à son géniteur, il le fait, le gorille.

— Oui mais attends, on a quand même fait des progrès depuis les gorilles. Y a eu la Bible, y a eu le Coran…

Hamid ignore cette ébauche de discussion anthropo-théologique et poursuit :

— Et le corollaire de cette question, au moment où le fils de Ba Bouchaïb aperçoit Rachid, c'est cette autre question : *Moi, chiffe molle devant le frère de Fatna ? Et si Fatna en avait vent ? (Il oublie que personne ne sait qui il est.) Si Fatna apprenait que je ne suis pas un homme ? Pas pubère, juste un enfant ? Qui prend des coups et se tait et se tasse ? Non ! Jamais ! Jamais !*

Hamid prend une voix d'aède pour narrer la suite :

— On vit alors un prodige. Le Vengeur se leva, s'ébroua et fit face à son père. Les deux hommes, immobiles, s'affrontaient du regard. Cela dura une bonne minute. Le public se tut, saisi par la majesté du moment. On aurait dit qu'il, ze Vengeur, avait doublé de taille, triplé de volume. Et voilà qu'il se précipite sur Tawa l'Indien, le saisit aux épaules et lui inflige une série de prises dont je ne connais pas exactement le nom mais voici une liste, prenez ce que vous voulez dedans : *drop toe-hold, chokeslam, dragon screw, samoan drop, high angle senton bomb, death valley driver*, etc.

— Jusqu'ici, cette histoire se déroulait en français.

— Le public, qui avait retrouvé sa voix, la fameuse *vox populi*, s'en donnait à cœur joie. Des hurlements saluent le *chokeslam*, on tonne contre le *samoan screw* (trop risqué), on proteste pour la forme, on rugit, c'est un océan de braillements qui accueille chaque coup : « Et allez donc, c'est pas ton père ! » (En l'occurrence, *c'était* son père.) Le Vengeur, pris d'un remords filial, s'excusait parfois de l'avoir abîmé, venait aux nouvelles, se penchant sur sa victime ; prenait alors une claque homérique, au grand étonnement du public, qui ne se souvenait pas d'avoir vu Tawa mettre des beignes à ses adversaires.

« Pan !

— Aïe !

— Ça t'apprendra. Tu oses taper ton père, ingrat ? murmurait l'Indien au Vengeur.

— C'est toi qui as commencé », couinait l'autre. Et vlan !… il flanquait un *facebreaker* à son géniteur.

« Ingrat ! Dire que je t'ai élevé, que j'ai payé tes études.

— Oui, bon, j'ai à peine le certif'. »

Boum ! Une planchette japonaise.

« C'est bizarre, murmuraient les spectateurs du premier rang, qui ne perdaient rien de ces propos ; c'est bizarre, on dirait une querelle de famille. » (« Tu l'savais, toi, qu'Tawa et l'Vengeur, z'étaient liés ? — Tout le monde est cousin, chez les catcheurs. C'est comme une espèce animale à part. — Ah bah. »)

Bref, le combat tourna à l'avantage du fils contre son père. *Le fils tua le père.* Pas vraiment, mais au moins dans le symbole.

— C'est beau comme l'antique. C'est de la tragédie, avec des types à poil.

— Purée de nous autres, imagine Racine avec ce thème !

— Je ne vois pas Racine trouvant une rime à *dragon screw.*

Hamid reprit la main :

— Notez ceci, amis : ce fut le début de la fin, pour le pauvre Ba Bouchaïb. Comme ces gorilles détrônés…

— Y a des rois chez les singes ?

Hamid ignora l'interruption, qui aurait pu mener loin (ça aurait viré sur les bonobos, fatal (tous ceux qui veulent prouver quelque chose à propos de l'espèce humaine finissent par disserter sur les bonobos)) et poursuivit :

— … ces gorilles détrônés qui quittent la clairière, tête basse, et s'en vont mourir dans les cimetières d'éléphants.

— C'est la loi de la jungle.

— La loi des erreurs d'aiguillage, oui ! Qu'est-ce que les gorilles vont f… dans les cimetières d'éléphants ?

— Bon alors, c'est la loi de la nature.

— Mouais.

Hamid continua :

— Après le match du siècle, qu'il avait donc perdu en tant que Tawa, Ba Bouchaïb n'était plus que l'ombre de lui-même. Il abandonna le catch, devint morose, ne sortait plus de chez lui. Le père déchu disparut de la circulation pendant que son fils prospérait, masqué, sur les rings.

Ba Bouchaïb survécut encore quelque temps. J'ai dit qu'il était devenu morose, mais ce ne fut que sa première réaction. Quand il réapparut, quelques mois plus tard, au café où il avait ses habitudes, il semblait apaisé. Une rumeur parcourut les hommes attablés, on se dévissa le cou pour l'apercevoir, quelqu'un leva son verre de thé en criant : « Vive Tawa ! », mais l'ex-catcheur secoua la tête d'un air indulgent, avec un petit sourire, et murmura : « Tawa, il est mort. » On se récria (du moins, ceux qui l'avaient entendu). Il répéta, d'une voix plus ferme : « Tawa, il est mort. Vive le Vengeur masqué ! » Un silence interloqué accueillit cette proclamation qui ne manquait pas de panache. Il insista : « À partir d'aujourd'hui, je ne veux plus jamais parler de catch. Je suis Ba Bouchaïb, tout court ! Quiconque m'appellera autrement, je lui casse la tête ! »

Cela fut aussi prononcé sur un ton apaisé, mais on sut que c'était sérieux. On ne l'appela plus que par le nom que *Dieu lui avait donné*, comme le dit si bien la formule de nos paysans, car c'était sous ce nom qu'il allait se présenter à Lui, maintenant qu'il était mort au catch et qu'il le serait bientôt à la vie – il en avait l'intuition, il sentait bien que son corps était prématurément usé.

*

* *

La nuit tombait. Hamid fit une pause, le temps pour nous d'admirer le ciel et les milliards d'étoiles qu'il contient. Puis il continua sa narration.

— Quelques années plus tard, comme il l'avait pressenti, Ba Bouchaïb passa l'arme à gauche. On lui fit des funérailles grandioses, du moins était-ce là la volonté générale, mais en fait elles furent presque gâchées, ces funérailles, et voici comment. Le Géant des Doukkala croisa l'Eunuque de l'Ourika en entrant dans le cimetière et lui lança, en guise de salut, une vilaine œillade. (La force de l'habitude : il entrait toujours dans le ring en envoyant tous azimuts les « œillades de la mort » qui étaient sa spécialité.) Disons qu'en l'occurrence il confondait le ring et le cimetière. Mais l'Eunuque le prit mal :

« Quoi, qu'est-ce qu'il y a ? Pourquoi tu me regardes comme ça ? Tu veux ma photo ? »

« Tu veux ma photo ? », c'était une boutade vaseuse que les Pieds-Noirs de Casablanca avaient refilée aux « Musulmans », comme on disait à l'époque. La réponse adéquate, qui était aussi une astuce de Pied-Noir et que tout le monde, à Casablanca, connaissait, la réponse adéquate, la voici :

« Ta photo ? Donne-moi plutôt celle de ta sœur ! » rugit le Géant.

On ne plaisante pas avec la famille, et surtout pas avec son élément féminin. L'Eunuque laissa échapper un gémissement rauque, fit un bond et plaça une fourche dans les yeux du Géant, qui se mit à glapir, au moment même où le Tueur du Tadla et la Bête du Gharb débouchaient dans l'allée, recueillis, méditatifs, philosophes. Philosophes, ils ne le restèrent pas longtemps : chacun prenant parti pour son coéquipier habituel (la force de l'habitude, vous dis-je), le Tueur frappa l'Eunuque, la Bête mordit le Géant. Ce fut une bagarre générale, à la grande joie des gamins qui traînaient là, mais à la consternation unanime des adultes : on était quand même dans un cimetière… Et puis, tous ces anciens catcheurs… C'était pathétique. Essaie de faire un double nelson quand l'arthrite a dévoré tes articulations, va tenter un « petit paquet » quand tu sucres les fraises depuis lurette. On finit quand même par enterrer Ba Bouchaïb. Les vieux catcheurs se réconcilièrent autour du couscous qu'offrait la famille et ils se mirent à évoquer le défunt. On n'en disait que du bien, naturellement, mais tous s'accordèrent sur ce point : le combat contre le Vengeur masqué avait été le combat de trop.

— Est-ce qu'on avait compris l'astuce ? le montage ? tout ce truc abracadabrant que tu racontes ?

— Non, tout cela ne s'est su que bien plus tard. Pendant quelques années, le fils de Ba Bouchaïb continua de se produire en tant que Vengeur masqué. Il épousa Fatna, la sœur de Rachid. Ce dernier avait raconté le combat à sa sœur et le Vengeur avait révélé à celle-ci, sous le sceau du secret, qui il était vraiment (vous suivez ?). Impressionnée par ce gaillard qui avait plus ou moins trucidé son père, elle accepta ses avances. Comme la bonne petite guenon qu'elle était.

— Finalement, c'est une histoire qui finit bien.

— Si on veut. Le pauvre Ba Bouchaïb n'a pas eu une fin bien glorieuse.

— Au contraire. Il a eu une fin très sereine, il a transmis le flambeau à son fils et puis s'en est allé. C'est la loi de la nature.

Hamid murmura :

— Si l'éternel conflit entre les pères et les fils se réglait une fois pour toutes, à la loyale, sur un ring de catch, nous serions tous parfaitement épanouis, sans complexe, bien dans notre peau.

Nous nous tûmes, frappés par cette profonde réflexion. Et – c'était fatal – quelqu'un conclut :

— Oui, nous n'aurions aucun complexe, nous serions bien dans notre peau… Comme les bonobos, non ?

La toile mystérieuse

Il poussa la porte du restaurant à midi et quart, comme il le faisait chaque jour.

Le commissaire Hamdouch était un homme d'habitudes, *à la limite de la maniaquerie*, selon l'expression de feu son épouse, une Française du Maroc qui était morte d'un vilain tétanos après quelques années de mariage. Resté veuf, sans enfant, le commissaire déjeunait quotidiennement, ou presque, aux *Délices de l'Orient*, en face du palais du Glaoui.

Le patron des *Délices*, Driss Bencheikh, prenait bien soin de garder libre la table du commissaire entre midi et quatorze heures. Au touriste distrait ou à l'autochtone nez au vent qui avaient la prétention de s'y asseoir, Bencheikh désignait une autre table, d'un geste autoritaire, sans appel – d'une certaine façon, c'était au nom du *Makhzen*[1] qu'il

1. L'État marocain.

agissait, et cela donnait une certaine brusquerie à son comportement. Le Makhzen est péremptoire.

Hamdouch s'asseyait donc sur la même chaise, chaque jour, à midi et quart. Sur le mur qui lui faisait face, et dont deux tables le séparaient, un grand tableau était accroché. À vrai dire, l'objet n'était apparu, de façon plutôt mystérieuse, qu'à la troisième visite du commissaire. Celui-ci en fut légèrement contrarié. Jusque-là, il n'y avait rien en face de lui, rien qu'une paroi vaguement ocre, et il avait déjeuné les yeux dans le vide, ce qui lui convenait parfaitement – il pouvait méditer tout à son aise. Et puis un jour, sans crier gare, ce grand rectangle bariolé s'était matérialisé devant lui.

Le policier n'était pas amateur d'art, même s'il appréciait le *melhoun*[1] ; en tout cas, il ne connaissait rien à la peinture. Au début, il se contenta de noter l'apparition du tableau dans son champ visuel, sans y accorder plus d'importance. C'était un petit changement dans la routine, un désagrément minuscule, cela le dérangea donc, mais enfin il n'y avait pas, comme on dit, mort d'homme. Il continua, selon son habitude, à regarder la rue à travers la baie vitrée qui s'ouvrait au milieu du mur. On eût dit qu'il surveillait les allées et venues des passants – sans doute une déformation professionnelle, mais alors nous souffrons tous de cette pathologie.

---

1. Chant, poésie orale et musique.

Un jour, lassé de voir les mêmes personnes aller et venir sur le trottoir, mêlées aux touristes qui présentaient, au fond, peu d'intérêt, il finit par se tourner vers la gauche, son verre de thé à la main, et son regard accrocha la toile. Il dut plisser les yeux, accommoder un peu à cause du contre-jour, mais enfin il réussit à distinguer une scène peinte avec des couleurs criardes et qui contenait plusieurs personnages. L'un d'eux attira son attention. Il scruta attentivement la silhouette. Nom de nom !

Il fronça les sourcils et appela le patron d'un impérieux :

— *Ssi*[1] Driss !

Le patron accourut, se frottant les mains avec une serviette blanche, légèrement courbé, un sourire timide aux lèvres, prêt à rendre service. Le commissaire désigna l'objet de son ire de la main droite, qui tenait toujours le verre de thé – de sorte qu'il sembla trinquer en l'honneur d'on ne sait qui – de l'Art, peut-être ?

— Cette… ce… *tableau* !

Il avait employé le mot français, sans doute parce qu'il ne connaissait pas le mot arabe, ou qu'il l'avait oublié.

— Oui, *ssi l-kommissir* ? demanda l'aubergiste, sur un ton où cordialité et servilité s'entremêlaient.

---

1 *Ssi* est la déformation de *sidi*, équivalent de « monsieur ».

Hamdouch baissa la voix, tout en lui donnant quelques inflexions menaçantes – il savait parfaitement faire cela, il n'était pas commissaire de police pour rien.

— Est-ce Sa Majesté le roi, que Dieu l'assiste, qui figure en son centre ? La façon dont il est peint frise l'irrespect !

Driss jeta rapidement un coup d'œil au personnage qui occupait le centre du tableau, il le fit pour la forme puisque sa réponse fut immédiate, sans hésitation :

— Non, non, mon Dieu ! non : il s'agit du pacha[1]. Je veux dire : de l'*ancien* pacha, Moulay Mimoun.

Hamdouch insista :

— Pourtant, il est au centre et c'est une sorte de grand seigneur monté sur un beau cheval (le commissaire, ayant reposé son verre de thé, pointait d'un doigt implacable ce qu'il décrivait), et derrière lui quelqu'un tient un grand parasol blanc. Il y a plusieurs personnages tournés vers lui… En fait *tout le monde* est tourné vers lui, on dirait Sa Majesté pendant la cérémonie de la *bay'a*[2]…

— Je vous assure, ssi Hamdouch, qu'il s'agit du pacha. D'ailleurs, même si ses traits à lui sont vagues, on reconnaît bien son cheval préféré.

1. Voir la note p. 16.
2. Cérémonie d'allégeance au roi. Elle a lieu une fois par an.

Rassuré, le commissaire demanda :

— De quel pacha s'agit-il ? De ssi Lamrani ?

— Non, il s'agit de son prédécesseur, Moulay Mimoun. Je vous l'ai dit.

— Je voulais juste *vérifier*.

Le commissaire, satisfait, hocha la tête, but une gorgée de thé et se remit à examiner l'espèce d'anecdote mouvementée qui s'étalait devant lui en couleurs suggestives. L'aubergiste, après quelques instants d'attente, comprit qu'on n'avait plus besoin de lui et s'en alla, chassant quelques mouches imaginaires à grands coups de serviette.

*

* *

Le lendemain, quand Hamdouch s'assit à sa table, ce fut la toile qu'il fixa immédiatement, avant même de jeter un coup d'œil sur la rue. L'œil sombre, la mâchoire serrée, il la regardait intensément.

Cette toile, il en avait rêvé pendant la nuit.

Le commissaire détestait les rêves. Quand il se souvenait de l'un d'eux, au réveil, il en était furieux. Il se sentait rabaissé, humilié. Il avait l'impression de ne plus s'appartenir, d'avoir perdu toute maîtrise de soi au cours de ces aventures nocturnes où tout semble possible – et qui servent à quoi, grands dieux ? Est-ce que les chats rêvent ? Assis sur le lit, il récitait alors l'invocation traditionnelle des musulmans – « Maudit soit Satan ! » –, mais, comme il n'était pas dénué de culture, il se demandait en même temps ce qu'un psychanalyste aurait fait de ses rêves absurdes. Il y avait bien quelques psychanalystes à Marrakech – il avait leurs fiches signalétiques –, pourtant il n'était pas question d'aller en consulter un. C'eût été déchoir. On n'allonge pas un commissaire sur un divan. C'était à lui de cuisiner les suspects, pas l'inverse. Et quoi de plus suspect qu'un lacanien à Marrakech ?

Cette nuit, il avait donc rêvé de la toile qui agrémentait son restaurant habituel. La scène s'était animée, elle l'avait englouti, en quelque sorte, il s'était retrouvé au pied de l'alezan qui portait le pacha, on l'avait ignoré, bousculé – quel manque de considération pour son grade ! Dans le chaos ambiant – du bruit, de la fureur, de la poussière –, un des hommes qui figuraient dans le tableau avait même tenté de lui passer un sac de jute sur la tête – oui, un sac de jute !… comme le faisait autrefois la police secrète, dans les années soixante-dix, les « années de plomb », lorsqu'elle voulait enlever un homme politique, un syndicaliste ou un étudiant en philosophie. Quelle honte ! Lui, le commissaire Hamdouch, *m'khennech*[1] ! C'était le monde à l'en-

1. Littéralement, « ensaché ». Sinistre expression née de cette non moins sinistre pratique.

vers ! D'indignation, il s'était réveillé. Il était en sueur, tremblant des pieds à la tête.

Et, maintenant, il était en train de manger sa salade de poivrons et de tomates tout en fixant des yeux le tableau maléfique, comme s'il voulait vérifier quelque chose. En effet, il avait eu une impression étrange pendant son intrusion nocturne dans cette scène figée pour l'éternité : si tout le monde regardait le pacha, ce qui était plutôt normal – un chien regarde un pacha –, il avait eu l'impression, donc, que tous ces regards étaient, comment dire… *chargés*. Pas un n'exprimait la simple curiosité, ou l'admiration – « Quel bel arroi ! » – ou même la fameuse « crainte révérencieuse », la *hiba* sur laquelle repose tout l'édifice du Makhzen. Ce qu'exprimaient ces regards, c'était *autre chose*. Ils étaient *chargés*, se dit de nouveau le commissaire, contrarié de ne pouvoir aller plus loin dans sa tentative de mettre des mots sur ce qu'il ressentait – son stock d'adjectifs était plutôt réduit, dans les deux langues qu'il utilisait : l'arabe et le français.

Le commissaire réfléchissait, le regard vissé sur la toile, la fourchette en l'air, un pauvre lambeau de poivron en pendant, résigné.

— J'ouvre l'enquête, marmonna-t-il à voix basse.

Ayant capté au vol quelques paroles indistinctes, qu'il ne comprit pas, le gargotier accourut :

— Monsieur le commissaire ? Encore du pain ? De l'eau peut-être ?

Pris de court, le commissaire toussota puis pointa sa fourchette en direction du mur, ce qui fit dodeliner dangereusement le lambeau de poivron qui s'y accrochait ; et il s'entendit demander :

— Qui est l'auteur de cette toile ?

Le patron regarda la fourchette, puis le mur, puis la toile. Des rides apparurent sur son front comme autant de barres horizontales – il faisait semblant de réfléchir – et enfin il répondit :

— C'est un jeune homme du nom de Brahim Labatt. Il habitait dans une rue voisine, à côté du souk des forgerons.

Il se pencha vers le commissaire et chuchota, ayant pris l'air funèbre qui sied à ce genre de révélation :

— Il s'est suicidé, il y a quelques années. Dieu nous préserve !

Il avait chuchoté le mot funeste, de sorte qu'on l'entendit à peine.

— C'est d'ailleurs la dernière chose qu'il ait peinte avant de…

Il ne finit pas la phrase. Le commissaire nota mentalement l'information et ouvrit sur-le-champ – mais toujours mentalement – un dossier au nom de Brahim Labatt, jeune homme mort dans des circonstances suspectes. Il savait – les statistiques ne mentent pas – que le suicide est rare en terre d'islam. Il fallait donc tirer l'affaire au clair. D'un geste désinvolte où le morceau de poivron, toujours en équilibre précaire au bout de la fourchette, jouait un rôle vaguement comminatoire, il congédia l'aubergiste, qui s'en fut accueillir des Japonais sur le seuil de son restaurant. On l'entendit vanter, dans un anglais de contrebande mâtiné de bruits de succion, son antre et sa cuisine (la meilleure de Marrakech (évidemment)).

Le commissaire finit son repas sans pouvoir détacher les yeux de l'œuvre d'art ? – était-ce, justement, une œuvre d'art ? – ou autre chose ? Et puis, qu'est-ce que l'art ? Il se perdit dans un abîme de réflexions.

*

* *

Rentré au bureau, Hamdouch convoqua un de ses collaborateurs, Ba Mouss, qu'on surnommait « l'Ordinateur », car il jouissait d'une mémoire phénoménale, du moins en ce qui concernait les crimes, les délits et autres affaires remarquables qui s'étaient déroulés dans le quartier. À part cela, il ne savait rien. Ba Mouss n'avait jamais été muté ailleurs car muter un ordinateur, c'est en quelque sorte effacer tous les dossiers qu'il contient – quel serait l'intérêt d'une telle manœuvre ?

Petit, maigrichon, les yeux glauques, l'homme-machine entra dans le bureau de son chef, qui ne s'embarrassa pas de préliminaires.

— Ba Mouss, tu as entendu parler d'un certain Brahim Labatt ? Un peintre ?

Comme si on avait appuyé sur le bouton « Enter », Ba Mouss se mit au garde-à-vous, s'éclaircit la voix et récita :

— Brahim Labatt, fils d'Abdelmoula, était un plombier sans diplôme, fils unique de la veuve Halima, qui habitait avec elle rue de Bab Doukkala, puis qui y habita seul après la mort de sa mère. C'était aussi un peintre, disons un amateur. Il peignait quand il n'avait pas de travail, c'est-à-dire très souvent. Il exposait ses toiles en pleine rue, à côté de l'échoppe du barbier, et il avait réussi à en vendre quelques-unes à des touristes allemands. (Petit reniflement annonciateur de tristes nouvelles.) Pardonnez-moi, monsieur le commissaire, Brahim Labatt s'est suicidé, il y a sept ou huit ans. Par pendaison. Dieu nous ait en Sa sainte miséricorde !

Le commissaire dodelina de la tête en faisant la moue – c'était sa façon de remercier ses subalternes – puis :

— On est sûr qu'il s'agit d'un suicide ?

— Dieu seul le sait, chef.

— Mais à part Dieu ?

Hamdouch commençait à s'impatienter. Sa dernière réplique n'était pas loin du blasphème, mais aussi a-t-on jamais vu un ordinateur invoquer Dieu ? Donne-nous des faits et des chiffres, laisse Dieu au *fqih*[1].

— Votre prédécesseur, le commissaire Madani, avait classé l'affaire : suicide. Le pauvre peintre avait…

Le commissaire sursauta.

— Attends. Tu dis que c'est Madani qui a classé l'affaire ?

— Oui. Il l'a fait immédiatement… enfin, très rapidement. L'affaire n'avait rien de suspect.

— Très bien, ce sera tout. Tu peux disposer.

Ba Mouss salua sans mot dire et quitta le bureau.

Le commissaire se mit à se frotter énergiquement le front du bout des doigts de la main droite. Il sentait poindre un mal de tête carabiné. C'était ainsi que se manifestaient les intuitions qui l'avaient amené à résoudre des cas particulièrement coriaces au cours de sa carrière. Feu sa femme, Hélène, mi-moqueuse, mi-affectueuse, avait nommé ces épisodes les « migraines de mon Maigret ». Ha, ha. N'empêche qu'il leur devait sa belle carrière. Sa dernière mutation, de Safi à Marrakech, avait été une promotion flatteuse. Il avait résolu plusieurs cas dont celui de la « boucherie de Hay el Majd »

1. Expert en jurisprudence musulmane.

qui avait défrayé la chronique et effrayé le bon peuple.

Ce qui mettait présentement le feu à son crâne, c'était une coïncidence dont il venait à l'instant de se rendre compte : l'homme qui dans son rêve tentait de lui mettre un sac sur la tête...

Attendez, reprenons dans l'ordre. L'ex-commissaire Madani, son prédécesseur, avait été mis à la retraite d'office à cause d'une sale affaire de concussion (ou de détournement de biens publics, tout cela était confus) dans laquelle il n'avait pas trempé directement mais où son nom avait été cité car il avait tenté d'en couvrir le principal bénéficiaire ; et ce dernier n'était autre que l'ex-pacha Moulay Mimoun.

Il y a donc deux « ex » dans cette histoire, et un pendu. Plus une toile qui les relie tous trois.

En effet, Hamdouch venait de se rappeler qui était l'homme qui dans son rêve tentait de lui mettre un sac sur la tête (nous y voilà) : c'était Madani. Qu'il (le commissaire) avait donc reconnu, sans même s'en rendre compte, dans le tableau – et qui avait ressurgi, la nuit, des profondeurs de son inconscient avec des velléités de meurtre.

— L'affaire se corse, murmura-t-il.

*

* *

Le commissaire sortit précipitamment du bureau, marcha d'un pas décidé le long de la rue Fatima Zohra, prit à gauche et entra dans le restaurant. L'endroit était, à cette heure de l'après-midi, presque vide. Un chat dormait dans un coin, roulé en boule. Seuls trois touristes français, trois hommes, achevaient de siroter leurs cafés. Ignorant le salut étonné du patron – pourquoi diable Hamdouch revenait-il ès lieux ? –, il alla directement se planter devant la toile pour vérifier son intuition.

Oui, c'était bien Madani qui figurait là, à côté du beau cheval du pacha. On reconnaissait sa trogne hideuse, même peinte à traits grossiers – on n'était pas loin de la caricature, mais la Nature elle-même semblait avoir caricaturé en cet homme la brute corrompue. Le peintre n'avait pas eu à forcer son talent.

Le commissaire nota un détail supplémentaire qui aggrava sa migraine. Si les regards de tous les protagonistes étaient *chargés* – faute, pour l'instant, d'un adjectif plus précis –, il y avait quand même une exception, celui de l'ex-commissaire Madani, qui retenait maintenant toute son attention, n'était pas tourné vers l'ex-pacha : il fixait le spectateur. En ce moment précis, Madani semblait donc scruter le visage de l'homme qui lui avait succédé : Hamdouch ; et il exprimait un sentiment confus, où se mêlaient la peur, une morgue altière et… autre chose. Quoi ?

D'autre part, sa main droite, dont on aurait pu croire, au premier abord, qu'elle flattait le cheval au niveau de l'encolure, était en fait posée sur la main gauche du pacha Moulay Mimoun.

Les deux hommes, la main dans la main, semblaient affronter la colère de la foule.

Oui, la *colère* : c'était le sens des regards *chargés* que Hamdouch avait remarqués naguère. C'était cela. Le défunt Labatt n'était évidemment pas Rembrandt, il n'avait pas toujours réussi son coup, mais c'était bien ce sentiment-là qu'il avait voulu reproduire sur les faces des figurants ; sauf sur celles des deux protagonistes, l'ex-pacha et l'ex-commissaire.

Se tournant vers les trois touristes, le commissaire, se composant un visage cordial malgré la migraine qui lui cisaillait le crâne, leur lança un vigoureux :

— Bienvenue à Marrakech !

Il avait parlé français, en roulant les « r » de Marrakech. Surpris, les trois hommes hésitèrent quelques secondes, le temps de s'assurer que cet homme élégant, aux cheveux grisonnants et à la moustache bien soignée, n'était pas un quémandeur, un fâcheux ou Clark Gable ressuscité ; puis ils lui rendirent son salut :

— Merci, monsieur… ?

— Hamdouch, pour vous servir.

Un temps.

— Je suis amateur de peinture et je voudrais vous demander votre avis. (Il désigna la toile d'un geste en forme d'invite.) Que pensez-vous de ça ?

Amusés – « Dis donc, y a d'l'imprévu dans cette ville attachante » –, les trois hommes se levèrent et vinrent se placer devant l'objet. Ils avaient bu deux bonnes bouteilles de Volubilia et, le cœur en fête, ils décidèrent spontanément, sans même s'être concertés, de jouer les experts. Ce fut un festival de phrases toutes faites, prononcées sur des tons affectés :

— Cette lumière, messieurs ! cette lumière... On n'est pas loin de Claude Gelée, dit le Lorrain...

— Visez-moi le drapé de cette djellaba, là, dans ce coin... C'est beau comme l'antique.

— Ce cheval, cette fougue, ce mouvement... c'est du Delacroix ! La noblesse de ce cavalier – est-ce votre roi ?

Le commissaire, dont la migraine atténuait l'urbanité, interrompit sans ambages leur bel enthousiasme :

— Messieurs, du calme ! Si vous le permettez, je voudrais vous poser une question précise : que lisez-vous dans le regard de tous ces hommes ? Oubliez le cavalier, ce sont les autres qui m'intéressent.

Le trio franco-touriste s'appliqua. Sans plus jouer la comédie, ils examinèrent les visages figés par le peintre. Le verdict fut unanime :

— Oh là là, ils ne sont pas commodes – ils sont farouches – je dirais même plus : ils sont en colère.

Hamdouch, satisfait, pointa l'index sur un quidam précis.

— Et celui-ci ?

Il désignait l'ex-commissaire Madani. Les trois hommes approchèrent leur visage à toucher du nez la surface du tableau. Cette fois-ci, les avis furent partagés.

— Un sale bonhomme, décida le premier.

— Arrogant, dit le deuxième.

Le troisième, un grand rouquin, prit son temps avant d'asséner :

— Vous n'y êtes pas, messieurs. Il a l'air *coupable*. Comme un délinquant pris en faute. Comme un vaurien qui se dénonce rien que par l'expression qu'il affiche sur son visage.

Ils examinaient maintenant, tous les quatre, la face peinte du sale bonhomme. Pas de doute, c'était bien cela : il avait l'air coupable.

— Bravo, Christian ! s'exclamèrent les deux compagnons du rouquin, qui prit un air modeste.

Satisfait, Hamdouch remercia les trois Français. L'un d'eux s'enhardit :

— Et maintenant, vous allez essayer de nous vendre cette croûte ? demanda-t-il, rigolard. Vous avez une belle technique d'approche ! Bravo ! On a marché comme des bleus. Combien ?

Hamdouch se composa un air glacial.

— Je ne suis pas marchand de tableaux. Et d'ailleurs, ce… ce machin-là ne m'appartient pas. Au revoir, messieurs !

Les trois hommes allèrent se rasseoir, ravis de l'intermède. Au moment où le commissaire allait sortir, le dénommé Christian l'interpella :

— Dites donc, il y a quand même un truc qui ne va pas, dans *votre* croûte… pardon, dans votre tableau.

Il se leva de nouveau et vint montrer du doigt, en bas, à gauche, un détail.

— Je ne suis pas un expert, bien sûr, loin de là !… mais je n'ai jamais vu du zellige[1] sur une muraille. Car c'est bien du zellige, là, non ?

Hamdouch, qui était déjà sur le seuil de la porte, revint sur ses pas. Il toucha de l'index l'endroit que montrait Christian. Il murmura, perplexe :

— C'est exact. Du zellige jaune, sur la paroi extérieure d'une muraille, ça n'a aucun sens.

Comment n'avait-il pas vu ce détail ? Est-ce que ses capacités d'observation déclinaient ? Il en fut tout penaud, pendant quelques instants, mais n'en laissa rien paraître.

Le dénommé Christian retourna à la table où ses compagnons le houspillèrent joyeusement (« Il a l'œil ! »… « L'œil de Moscou ! »…) pendant que Hamdouch s'éclipsait, perdu dans ses pensées.

---

1. Mosaïque marocaine.

*
* *

Revenu dans son bureau, dont il laissa la porte ouverte, le commissaire appela l'Ordinateur :

— Ba Mouss !

Sa voix puissante avait résonné dans tout le commissariat. Le petit maigrichon apparut presque instantanément, les yeux plus glauques que jamais. Cette nuance mélancolique de vert semblait déteindre sur tout son visage, si bien qu'il avait l'air d'un minuscule Martien tiré de sa sieste. Le commissaire aboya :

— Je veux que tu me dises tout ce que tu sais sur l'ex-pacha Moulay Mimoun. Tout ! Les faits, la fiction, les rumeurs, les ragots… Tout !

Le Martien soupira, puis il déroula sur un ton monocorde les riches heures du pacha. Attentif, le commissaire laissa défiler ce flot d'informations, se contentant de temps à autre de l'interrompre pour exiger une précision. Quand Ba Mouss eut fini, son chef resta silencieux un instant puis il lui dit :

— Cette histoire de meurtre d'un rival, tu peux m'en dire plus ?

— Ce n'est qu'une rumeur, chef. Et rien ne dit qu'il s'agisse vraiment d'un meurtre. Un dinandier, un certain Dadouchi, avait demandé la main d'une très belle femme du quartier Kennaria et elle lui fut accordée. Les préparatifs du mariage allaient bon train mais hélas ! le pacha, Moulay Mimoun, avait des vues sur cette même femme. Un jour, le dinandier disparut. Il alla voir un client et ne revint pas. On ne le revit jamais. Le pacha put donc, après quelques mois, ajouter la belle au nombre de ses femmes. Cela dit, il la répudia quelques mois plus tard, à la grande fureur et à la grande honte de sa famille. (Ba Mouss baissa la voix.) Le bruit courut que c'était lui, le pacha, qui avait fait disparaître le dinandier.

— *Cui bono ?* murmura le commissaire, qui connaissait quelques expressions latines.

— Pardon ?

— Rien. Continue.

— Je disais donc que le bruit courut que c'était le pacha qui avait fait disparaître le dinandier. Il y a plus : la rumeur affirmait que la preuve de son méfait existait quelque part et qu'un jour elle apparaîtrait à la vue de tous.

Il hésita un instant avant de continuer. Puis il se lança :

— On disait que la vérité serait révélée par un oiseau magique.

Comme Ba Mouss l'avait prévu, le commissaire haussa les épaules, irrité.

— Un oiseau magique ? Pourquoi pas un éléphant volant ? On se croirait dans *Les Mille et Une Nuits*.

Quelle crédulité ! C'est à la police d'apporter les preuves, pas aux volatiles !

Sans entrer dans cette dispute entre la science et la superstition, dispute où le commissaire l'emportait toujours à force d'arguments et de menaces, Ba Mouss conclut :

— Voilà. C'est tout ce que l'on sait de cette histoire.

— Merci. Tu peux disposer.

L'Ordinateur sembla s'éteindre et s'en fut. Le commissaire alla fermer la porte de son bureau, se carra confortablement dans son fauteuil et, le menton appuyé sur ses mains jointes, il se mit à réfléchir. L'oiseau magique l'irritait, mais plus il essayait de l'ignorer, plus il ne voyait que lui : une espèce de Simurg[1] immense, bariolé, qui s'élevait dans les cieux puis plongeait vers la Terre et emportait dans ses griffes un serpent qui se contorsionnait violemment. *Je me fais tout un film à partir d'une légende*, se dit-il, agacé.

Il se souvint alors, par association d'idées, d'une expression que Hélène utilisait parfois : « oiseau jacasseur ». Jacasseur – il avait fallu qu'elle lui expliquât l'adjectif : « qui parle beaucoup, de façon énervante ».

Un oiseau qui parle ?

1. Oiseau mythique des Perses.

Ça, ça lui rappelait quelque chose. Il ferma les yeux et se concentra sur cette image. Des souvenirs d'enfance et d'adolescence, des souvenirs de choses lues ou entendues apparaissaient dans une sorte de halo…

Après quelques minutes, il rouvrit les yeux et secoua la tête. Puis il décrocha son téléphone et demanda à un interlocuteur invisible, après les salutations d'usage :

— Est-ce que nous disposons d'une liste des biens appartenant ou ayant appartenu à l'ancien pacha ? Oui, lui-même, Moulay Mimoun… On peut avoir ça ? Ça prendra du temps ? J'ai tout mon temps ! (Il émit un rire un peu amer, songeant à sa condition de veuf sans enfant.) Tu me l'envoies par un *chaouch*[1] de confiance ?

Il raccrocha, alluma une cigarette et ouvrit au hasard un des dossiers qui se trouvaient sur son bureau.

Quelques jours plus tard, le commissaire reçut la liste qu'il avait demandée. Son doigt courut fiévreusement le long de la page et s'arrêta sur un nom : le nom d'un *riad* qui avait appartenu au pacha.

— Bingo ! dit-il à haute voix, très ému.

---

1. Voir la note p. 49.

*

* *

Au fond de la venelle, la plupart des passants prenaient à gauche. Rares étaient ceux qui tournaient à droite. Sur le sol, les traces noires laissées par les milliers de vélomoteurs qui avaient empuanti l'endroit au cours des ans n'indiquaient qu'une seule direction : la gauche. Elle permettait d'aboutir à la rue de Bab Khemiss, voie principale qui serpentait à travers la médina.

Le commissaire, qui était accompagné par son adjoint Hariri, prit résolument à droite. Il savait où il allait.

Devant le riad qu'il cherchait, un vieux gardien était assis sur un tabouret. Voyant Hamdouch et Hariri s'approcher, il se redressa, épousseta discrètement ses habits et sembla se mettre au garde-à-vous. Le commissaire salua :

— *Salam 'aleikum !*

— *'Aleikum as-salam, ssi l-kommissir.*

— Les Français sont là ?

— Non, sidi, ils sont allés acheter des fruits et des légumes. Mais vous pouvez entrer, si vous voulez.

— C'est bon, j'attendrai qu'ils soient de retour. Et ne propose plus jamais à quiconque d'entrer dans une maison en l'absence de ses propriétaires. Même pas à moi ! La loi l'interdit.

Au bout d'un quart d'heure, François et Cécile, les propriétaires, revinrent du souk. Le commissaire les accueillit avec un sourire bonhomme, esquissa une sorte de salut en portant deux doigts à son front, puis il se présenta et présenta son adjoint.

— La police ? Rien de grave ? s'inquiéta François.

— Non, le rassura l'agent d'autorité. Je voudrais simplement jeter un coup d'œil dans votre riad, avec votre permission. Rapport à une vieille histoire qui ne vous concerne ni de près ni de loin. Ça s'est passé longtemps avant que vous n'achetiez…

Il n'acheva pas la phrase, se contentant de désigner d'un geste vague la porte de la bâtisse. François et Cécile se regardèrent puis haussèrent les épaules à l'unisson.

— Bon, eh bien, entrez. Nous ne pouvons pas vous offrir de thé, juste un jus de fruit.

— Pas la peine, merci.

Ils entrèrent tous les quatre dans la maison, le gardien restant dehors. Le commissaire se mit à regarder autour de lui, tournant la tête de tous les côtés.

— Vous semblez chercher quelque chose ? demanda François.

— Oui, effectivement : je cherche un petit mur de zellige. Dans les tons jaunes.

— *Un petit pan de mur jaune*, plaisanta Cécile.

Ils le conduisirent vers une des pièces latérales, Hariri fermant la marche. L'un des murs portait, jusqu'à mi-hauteur, un décor de zellige ocre. Curieusement, il n'y en avait pas d'autre, de sorte que cela ressemblait à un essai de carrelage qui n'aurait pas donné satisfaction mais qu'on n'aurait pas pris la peine de désassembler. Le commissaire regarda attentivement le mur, se baissant pour en examiner la base, tapotant du bout des doigts la paroi tout en collant son oreille dessus. Hariri et les deux Français regardaient avec perplexité son manège.

— Vous croyez qu'il y a quelque chose derrière ? demanda Cécile.

Sans attendre la réponse, elle se tourna vers son mari :

— Tu te souviens des Hébert ? Ils avaient acheté une vieille maison à Paris, dans le Marais. En y faisant des travaux, ils avaient découvert une fausse paroi et derrière, dans son étui, un violon de très grand prix. Un Guarneri, je crois.

— Nous voilà riches.

Le commissaire, qui s'était agenouillé pour inspecter la base du mur, se releva péniblement et grommela :

— Je ne sais pas si on peut s'enrichir dans le commerce de squelettes. Si c'est le cas, vous avez toutes vos chances : il y a un squelette de dinandier derrière ce mur.

Cécile chancela et se laissa tomber, livide, dans un fauteuil pendant que François demandait, ahuri :

— C'est quoi, un *dinandier* ? Un animal ?

Haussant les épaules, Hamdouch ordonna à son adjoint d'aller chercher un maçon et deux solides gaillards du poste de police. Et qu'ils se munissent de masses et de marteaux, ainsi que d'un grand sac de plastique ! Pendant que François, agenouillé, s'occupait de Cécile qui revenait à elle en respirant à petits coups, le commissaire leur expliqua placidement :

— *Avec votre permission,* nous allons faire un trou dans ce mur pour extirper le cadavre qui gît derrière. Mais, rassurez-vous, nous allons tout reboucher.

Et il sortit fumer une cigarette à l'ombre du bigaradier.

*

*   *

Quelques jours plus tard, Hamdouch était assis dans son restaurant habituel, devant ce qui restait d'un tagine de poulet aux olives. Satisfait, il rota discrètement puis il commanda un thé à la menthe. Enfin, il consentit à reconstituer toute l'affaire pour l'aubergiste qui ne cessait de tourner autour de lui.

— Vous savez que le peintre, Brahim Labatt, était aussi plombier ? Il se trouvait sans doute dans le riad pour y effectuer de menus travaux. Discret comme il l'était, on avait dû oublier sa présence. Sans le vouloir, il avait assisté à l'assassinat du dinandier par le pacha, ou par ses sbires. On avait dû l'attirer là sous prétexte de lui passer commande de plateaux de cuivre, ou quelque chose de ce genre. Pauvre homme, j'espère qu'il était déjà mort quand on l'a emmuré. Sinon, quelle fin atroce !... Rentré chez lui sans qu'on l'ait vu, bouleversé, Brahim Labatt peignit en quelques semaines la toile accusatrice. C'était en quelque sorte sa seule façon de s'exprimer...

— Mais pourquoi n'a-t-il pas tout simplement dénoncé le pacha à la police ?

— À l'époque, personne ne faisait confiance à la police, surtout pas un simple ouvrier, un *fils du peuple* comme Labatt. Et puis, s'en prendre au pacha... Peu de gens auraient osé le faire.

— Vile époque...

— Mais il ne pouvait garder un secret aussi lourd. Sans doute se confia-t-il à quelqu'un. Il prétendit avoir des preuves, avoir tout consigné. Son confident parla à son tour. La rumeur enfla. Le commissaire Madani en eut vent. Comme il était de mèche avec le pacha, il avertit celui-ci. Le peintre fut arrêté discrètement, il fut sans doute torturé puis on finit par le pendre et on fit croire à un suicide. On fouilla de fond en comble sa maison, à la recherche de papiers incriminant le pacha. On cherchait une note, un cahier, quelques mots griffonnés sur une feuille, mais nul ne songea à retourner les tableaux – des croûtes – qui étaient alignés le long du mur ! C'est là que se trouvait l'accusation, précise et détaillée. Encore fallait-il savoir regarder…

— Mais comment avez-vous eu l'idée d'aller fouiner dans ce riad-là ? Comment avez-vous su ?

Hamdouch sourit.

— Riad Boulboul ? Ça ne vous dit rien, Boulboul ? *L'oiseau parleur* des *Mille et Une Nuits* ? Dès que j'ai su que l'endroit avait appartenu à Moulay Mimoun, j'ai compris d'où venait cette histoire d'oiseau magique qui allait tout révéler un jour. Labatt avait évoqué Boulboul, de bouche à oreille on avait perdu la référence au riad, on avait préféré y voir du merveilleux plutôt qu'une simple adresse. Mais moi, je suis rationnel. *Cartésien*, disait ma femme, Dieu l'ait en Sa miséricorde.

— Que va-t-il arriver à l'ex-pacha ? et au commissaire Madani ?

Hamdouch haussa les épaules.

— Rien. Pas grand-chose. Moulay Mimoun a toujours été protégé en haut lieu et, de toute façon, il est très vieux, il est devenu sénile, il a tout oublié. Quel juge voudrait ouvrir ce dossier ? Impossible d'envoyer un vieillard gâteux en prison. Quant à

Madani, il est à la retraite. Si on ne touche pas à Moulay Mimoun, il n'y a pas de raison de toucher à son complice.. son *âme damnée*, comme disent les Français. Tu connais cette expression ?

— Non.

Bencheikh soupira.

— Je suis quand même un peu triste de voir que justice ne sera pas accomplie.

— Si, d'une certaine façon, elle est accomplie. La réputation de ces deux salopards est définitivement ruinée. Ils vont finir leur vie dans la honte, méprisés par tous, même par leurs proches, en attendant l'Enfer.

— Tous les deux sont des… comment avez-vous dit ?… des « ânes damnés ».

— Bravo, tu apprends vite. Mais pour la prononciation, tu as des progrès à faire. Il s'agit d'*âmes*, et non d'*ânes*. Quoique… Madani m'a toujours fait l'effet d'un âne bâté, on se demande comment il a réussi à faire carrière. Sans doute en rendant des services aux puissants. Comme dans cette triste affaire.

Le commissaire sirota une gorgée de thé. Puis il pointa l'index vers l'aubergiste et lui asséna :

— Il me reste un dernier mystère à éclaircir. Cette toile n'était pas là quand je me suis assis ici pour la première fois. Pourquoi l'as-tu accrochée en face de ma table quelques jours plus tard ?

Driss Bencheikh hocha la tête, s'empara d'une chaise et s'assit à côté du commissaire.

— Je croyais que vous l'aviez deviné.

— Non. Je te l'ai dit, c'est le dernier mystère.

— Eh bien, sachez que Brahim Labatt était le cousin de ma mère. J'ai en quelque sorte hérité de cette toile, parmi d'autres. Je savais qu'elle recélait un secret parce que c'était sa dernière œuvre et qu'elle ne ressemblait en rien à ce qu'il peignait d'habitude. Ce ne pouvait pas être un hasard. Elle devait *signifier* quelque chose. Je n'ai jamais cru au suicide de Brahim, mais je n'ai pas réussi à comprendre ce qui s'était passé. Quand vous avez commencé à déjeuner ici chaque jour, j'ai saisi ma chance. Un cerveau de policier comme le vôtre pouvait sans doute dénouer l'intrigue.

Le commissaire resta silencieux pendant quelques instants puis il leva son verre en direction du tableau. L'aubergiste l'imita et murmura, les larmes aux yeux :

— Bravo, l'artiste !

Géométrie de l'amour

Une salle de classe au lycée français de Casablanca. Trois professeurs, deux femmes, Sylvie et Naima (la trentaine), un homme, Alain, (la quarantaine). Sylvie et Alain sont français, Naima est marocaine. Ils sont debout et bavardent pendant la récréation.

SYLVIE

Mon cher Alain, puisque tu es un homme…

ALAIN
(l'interrompant)

Voilà au moins une chose sur laquelle nous sommes d'accord.

NAIMA

Pourquoi tu dis ça ?

ALAIN

Parce que nous ne sommes jamais d'accord sur rien. Jamais ! Ce quart d'heure de pause que nous avons pris l'habitude de passer à « deviser gaiement » *(il a prononcé ces derniers mots d'une façon exagérée)* pendant que les élèves, eux, sont dans la cour, à courir, à s'amuser, à jouer au volley-ball…

SYLVIE
(lui coupant la parole)

La cour est une fournaise, on est bien mieux ici.

ALAIN

… ce quart d'heure est devenu le lieu de nos désaccords…

NAIMA
(moqueuse)

Un « quart d'heure » qui devient un « lieu » ? Tu mélanges le temps et l'espace ? Ça la fout mal, pour un prof de maths !

ALAIN
(grognant)

Oui, bon, ça va, Naima. Je connais la question… Je pourrais te sortir Einstein, les tenseurs, l'univers en quatre dimensions, dont la quatrième est justement le temps. *El tiempo,* c'est ça ?

NAIMA
(riant)

Viens assister à mes cours, si tu veux améliorer ta prononciation de l'espagnol.

SYLVIE
(à Alain)

Mais pourquoi parlais-tu de désaccord ? On bavarde pendant la pause, agréablement, avant que les monstres ne reviennent…

ALAIN

Oui, oui, mais ce qui me contrarie, c'est que nous ne sommes jamais d'accord sur rien. Or il me semble qu'une discussion bien menée devrait conduire à… une sorte de consensus. Une conclusion. Ou alors un des points de vue doit nécessairement triompher, en fin de compte. Comme *ton* Socrate, madame la prof de philo. La ma-tïeu-tique…

SYLVIE

La ma-*ïeu*-tique. L'art de faire « accoucher » la personne avec qui tu parles… de la faire accoucher de la conclusion que tu visais dès le départ. Cela dit, attends, Socrate, c'est une mise en scène *idéale*. Avec Platon comme régisseur virtuose : il mène la danse depuis le début jusqu'à la fin. Dans la pratique, aucune discussion ne se déroule comme ça. Jamais !

ALAIN

Peut-être, mais ça ne tient qu'à nous ! Il n'y a qu'à faire un effort. Ça devrait être ça, une discussion : chacun présente des arguments rationnels et tout le monde se rallie à l'argument le plus… ben, le plus rationnel, justement. Le plus convaincant !

NAIMA

Mais la vie n'est pas un théorème ! On ne peut pas *démontrer* une opinion ! On ne discute pas des goûts et des couleurs ! *De gustibus* machin, là… Ce genre de proverbe, « les goûts et les couleurs », ça existe dans toutes les langues, c'est la preuve que c'est vrai. Je suis sûre que même les Incas et les Aztèques avaient des dictons de ce genre. La sagesse populaire l'a compris de tout temps, dans tous les pays…

ALAIN

La sagesse populaire, c'est une belle connerie !

SYLVIE
(faussement scandalisée)

Ooooh !

ALAIN

Ben ouais ! Je te prends un exemple. La sagesse populaire dit : « Il n'y a pas de fumée sans feu. » Or, c'est faux, c'est totalement faux : il y a des rumeurs parfaitement infondées, il y a des calomnies gratuites… Combien de malheureux ont vu leur vie, leur réputation ruinées à cause de ce genre de dicton, « Il n'y a pas de fumée sans feu », qui a l'air vrai, raisonnable, mais qui est en fait… une belle connerie !

NAIMA

Oui, mais les goûts et les couleurs… Là, la sagesse populaire a raison : ça, on ne peut pas en discuter.

ALAIN
(s'obstinant)

Si ! On peut en discuter ! Par exemple, aucune teinte de noir ne convient pour les murs d'une salle à manger ! Qui peut dire le contraire ? Et tout le monde aime le mauve ou le lilas… En plus, il y a ce qu'on appelle les *couleurs complémentaires*. Ça, c'est objectif, c'est de la science. On peut baser tout un raisonnement là-dessus !

NAIMA

Encore faut-il pouvoir les *définir*. Les Grecs ne distinguaient pas entre le bleu et le vert et ils confondaient les couleurs... Et aujourd'hui, quand on parle de la « mer Noire », de la « mer Rouge », de la « mer Jaune » en Chine... Tu es allé regarder ? Elles sont toutes bleues !

ALAIN

Oui, mais là, tu coupes les cheveux en quatre. Moi, ce que je dis, c'est que, sur tous les sujets, il est possible d'arriver par le raisonnement à un certain consensus. À moins d'être têtu comme une mule.

SYLVIE
(petit sourire en coin)

Tu veux dire que tu pourrais me convaincre sur n'importe quel sujet ?

ALAIN

Peut-être ! Et même, certainement ! Du moins si a) tu es de bonne foi et b) tu es capable de raisonner.

SYLVIE

Tu en doutes ?

Alain sourit et ne répond pas.

NAIMA
(faussement exaltée, les bras en croix)

N'importe quel sujet ? Eh bien, parlons d'amour ! L'*hâ-mour* !

Les deux jeunes femmes éclatent de rire.

ALAIN
(se croisant les bras)

On peut parfaitement parler rationnellement d'amour !

SYLVIE
(amusée)

« Parfaitement », « rationnellement », c'est le congrès des adverbes ! Il ne manque plus que le fameux « anticonstitutionnellement ».

NAIMA
(se tournant vers Alain)

Eh bien, vas-y ! Parle ! *(Elle regarde sa montre.)* Il te reste dix minutes pour nous persuader… Pour nous exposer ton point de vue et pour qu'on s'y rallie, vaincues, convaincues !

SYLVIE
(d'une voix basse, provocatrice, tout contre lui)

Haletantes... pâmées... pantelantes...

ALAIN
(se dégageant)

C'est ça, moque-toi de moi. Et pourtant, l'amour...

NAIMA
(l'interrompant)

C'est quoi, ta définition ? Qu'est-ce que tu veux prouver ? Quelle est la *questio* de la *disputatio* ?

Alain reste silencieux pendant quelques instants puis un étrange sourire illumine son visage. Il se lance.

ALAIN

L'amour, c'est simple, c'est une question de *peau*. Le contact de deux épidermes. Voilà la *questio*...

SYLVIE
(frottant une paume de sa main sur l'autre, en ricanant)

« Contact », bravo, c'est bien une définition de matheux. Bientôt, il va nous sortir la tangente. *(Elle va au tableau tracer de grands signes.)* « L'équation de l'amour », « l'espace affine des combinaisons érotiques », « la géométrie des sentiments »…

ALAIN

Tu ne crois pas si bien dire. Avec le « théorème du point fixe » de Brouwer, on peut tout prouver. Dans n'importe quel domaine.

SYLVIE

Brouwer, c'était qui ?

ALAIN

Un Hollandais génial, l'un des grands matheux du XXe siècle. *(Un temps.)* Il est mort écrasé par une voiture devant sa maison.

NAIMA
(ne riant pas du tout)

Tu nous emmerdes avec ton Hollandais génial, sa voiture et ses vaches. Revenons à nos moutons.

Tu es sérieux, Alain, quand tu réduis l'amour à ça : le contact de deux dermes ?

ALAIN

Tout à fait sérieux. Et c'est « épiderme », pas « derme ».

NAIMA

Tu ne peux pas vraiment croire cela.

ALAIN

Pourquoi ? C'est la vérité !

NAIMA

Tu fais l'intéressant, le cynique, genre Don Juan qui est revenu de tout, qui ne croit en rien, mais ce n'est pas ce que tu penses vraiment… Ce n'est pas possible.

ALAIN
(s'obstinant)

Si ! Je le répète, l'amour, c'est une question de peau. Le contact de deux épidermes. D'ailleurs, on dit bien : « Je t'ai dans la peau. » Ça existe même en anglais. Sinatra… *(Il chantonne.)* « *I got you under my skin…* »

NAIMA
(irritée)

Mais c'est juste une expression, ça ne veut rien dire !

ALAIN

Une expression, ma chère Naima, ça veut *toujours* dire quelque chose. Donc, la peau ! *Ze skin !* Ajoute-z-y une pincée de phéromones qui se baladent dans l'air… C'est tout. C'est ça, l'amour ! Rien d'autre ! Tout le reste, c'est… c'est culturel : les promenades au clair de lune, l'embarquement pour Cythère, la musique, tout le *tra-la-la* romantique, qui – je vous le fais remarquer – est d'invention récente : ça n'existait pas chez les Grecs, ni chez les Romains.

SYLVIE

Ah bon ? Et Ovide ? *L'Art d'aimer*, ou si tu préfères, *Ars amatoria*, ça n'a jamais existé ? C'est pourtant la seule œuvre humaine qui date de l'an 1 ! En somme, tout commence avec Ovide…

ALAIN

Attends, si je me souviens bien, ton *Art d'aimer*, c'est plutôt un manuel de séduction, non ? Le vademecum du parfait petit dragueur… On pourrait le vendre sur les plages.

NAIMA

Et *La Prairie parfumée* du cheikh Nefzaoui ?

ALAIN

Connais pas.

NAIMA

Ben voyons, dès qu'on sort de ton pré carré, c'est : « Connais pas »…

ALAIN

Attendez, quand je vous dis que c'est d'invention récente, je vous parle de l'amour courtois, avec plein de chichis autour. C'est quoi, l'amour courtois ? Une immense frustration ! Le désir bien naturel, bien paillard, d'un homme pour une femme, qui a des seins et des fesses, eh bien ce désir n'est pas réalisé… Bouh-hou-hou… Ça chiale à tous les étages ! Et ça permet au poète de chanter son amour. *Poète, prends ton luth !* On est en plein dans la sublimation. Toute la culture vient peut-être de là. Voir l'ami Sigmund.

NAIMA
(glaciale)

Fais gaffe.

ALAIN

À quoi ?

NAIMA

Fais gaffe, tu es… tu es dans mon domaine, ma spécialité… Est-ce que tu sais que l'amour courtois a ses origines dans la littérature arabo-andalouse ? C'est Ibn Dawoud, au XIe siècle, qui l'a codifié. Et il y a aussi *Le Collier de la colombe* d'Ibn Hazm qui a transmis la notion d'amour platonique aux troubadours…

ALAIN
(l'interrompant)

Oui, bon alors tes Ibn Truc et Ibn Machin sont responsables des niaiseries romantiques. C'est depuis les troubadours qu'on a cette idée fantaisiste… *(Il prend une voix mièvre, pour se moquer, la bouche en cul de poule.)* « Nous étions faits pour nous rencontrer », « L'amour, toujours », « Je serai là quand tu reviendras dans vingt ans du goulag, mon chéri » *(Il chantonne.)* « Paris est tout p'tit /

pour ceux qui comme nous / s'aiment d'un aussi grand amour »… Foutaises !

NAIMA
(sourdement)

Comment ça, « foutaises » ?

ALAIN
(semblant ne pas s'apercevoir de la colère de Naima)

Tristan et Iseut, le philtre d'amour, c'est un écran de fumée. On est bien d'accord ? Y a qu'*Homo sapiens* qui ait inventé l'amour genre *hâ-mour*, comme tu dis.

SYLVIE

Mais la parade amoureuse, ça existe aussi chez les animaux, non ?

ALAIN

Ouais bon, mais on n'a jamais vu un dauphin ou un singe empoigner un luth et aller brailler sous les fenêtres de sa bien-aimée : « Ma belle amie… Ni toi sans moi ni moi sans toi… »

SYLVIE

Je commence à me perdre dans toutes ces histoires… Ah oui, il s'agissait de prouver qu'on peut parler rationnellement de n'importe quel sujet. Comme si on faisait des maths... Mais tu n'as encore rien prouvé. L'amour, c'est quand même autre chose que ce que tu dis. Il y a le *supplément d'âme...*

ALAIN

Pas du tout, ce n'est rien d'autre que cela. Et les élucubrations romantiques qui disent autre chose, eh bien, ce sont elles qui entraînent les catastrophes. Ces gens qui croient que l'amour, c'est la fusion.. la fusion de deux êtres. Ça ne peut que mal finir, comme la fusion nucléaire.

Il fait des deux mains le geste d'une explosion, avec un petit rire fat.

SYLVIE

La fusion, tu appelles ça une conception *romantique* ? Tu te trompes d'époque, mon cher ami. Ça se trouvait déjà dans *Le Banquet* de Platon, à une époque où le romantisme n'existait pas encore – ni le mot ni la chose. C'est Héphaïstos, le dieu du feu et des volcans, qui s'adresse aux amants, il leur dit quelque chose comme : « Votre souhait est de vous fondre l'un avec l'autre en un même être, de façon à ne vous quitter l'un l'autre ni le jour ni la nuit... Eh bien, puisque c'est ce que vous voulez, je vais vous fondre ensemble, vous transformer en un seul être… »

ALAIN
(faisant semblant de frissonner)

L'horreur, quoi…

SYLVIE

Fast-forward plusieurs siècles. On n'a pas encore entendu parler du romantisme quand Raymond Lulle…

NAIMA
(la coupant)

Hé ! c'est chez moi, ça. « Lulle, mystique médiéval catalan ». J'ai fait mon mémoire de maîtrise sur lui.

SYLVIE

Eh bien *ton* Raymond Lulle a écrit : « L'amant et l'aimé sont des réalités différentes, et pourtant ils s'accordent sans aucune opposition, sans aucune différence d'essence. » C'est beau, non ?

ALAIN
(se prenant la tête dans les mains)

Horreur ! Horreur !

NAIMA
(outrée)

N'exagérons rien !

ALAIN

Si, si, l'horreur ! Vous vous souvenez de *Paris, Texas* ? Le film de Wim Wenders ? Vous vous souvenez de la scène où le héros parle avec la mère de son fils à travers une glace, une espèce de miroir sans tain ? C'est quand il y a cette *distance* entre eux qu'ils peuvent enfin communiquer… Avant, quand ils étaient dans la fusion, dans cette bizarre idée des deux moitiés, c'était impossible.

NAIMA
(murmurant)

Ouais, on n'a pas dû voir le même film…

SYLVIE

Descartes a repris le thème dans *Les Passions de l'âme* : « À un certain âge, on se considère comme défectueux, comme si on n'était que la moitié d'un tout dont une personne de l'autre sexe doit être l'autre moitié. En sorte que l'acquisition de cette moitié est représentée par la nature comme le plus grand des biens imaginables. » *(Elle rit.)* Et Descartes, qui avait de l'humour, ajoute : « On n'a pas besoin de plus d'une moitié. »

Alain et Naima se regardent, gênés. Il est le premier à détourner le regard.

SYLVIE

Eh bien, mon cher ? Où en sommes-nous ? Tu vois bien qu'il est impossible de conclure. L'amour est inépuisable ! Tu ne nous convaincras pas, avec ta thèse minimaliste, et nous… enfin, *moi*, je ne te convaincrai pas non plus avec ma thèse, que je n'ai d'ailleurs même pas eu la possibilité d'exposer. Quant à Naima, eh bien… Qu'est-ce que tu penses de l'amour, Naima ?

NAIMA
(froidement)

Moi, je n'en pense rien. Du moins, je n'en pensais rien jusqu'à aujourd'hui.

Elle jette un regard furibond à Alain qui ne s'aperçoit de rien et continue de s'adresser à Sylvie.

ALAIN

Puisqu'on en est à citer Platon et Descartes, madame la prof de philo, je pourrais moi aussi remonter jusqu'à l'Antiquité. Au mythe de Narcisse, par exemple. Il se penche sur l'eau claire, croit voir un bel éphèbe (mais c'est lui-même !), tombe amoureux de son image : on croit être amoureux de l'autre, on est surtout amoureux de soi-même. Ou *amoureux de l'amour*. Dans tous les cas, on nage en pleine illusion. Illusion, *vous dis-je* ! La seule réalité, la seule chose tangible, c'est la peau, c'est l'épiderme ! Tout le reste, c'est des foutaises !

SYLVIE

Pas même une petite place pour Héloïse et Abélard, Elsa et Aragon ? L'amour qui dure une vie ?

ALAIN
(éclatant de rire)

Aragon ? Cette vieille folle ?

SYLVIE

Vraiment tu ne crois pas en ça ? Le mystère ? Le *je-ne-sais-quoi* de Corneille ?

ALAIN

Foutaises !

NAIMA
(explosant)

Foutaises ? Foutaises ? Et les fleurs que tu m'apportais, au début, il y a trois mois ? Hein ? Et les billets doux que tu me glissais dans la main ? Et les déclarations enflammées que tu me faisais ? C'étaient des foutaises, tout ça ? Et ces nuits qu'on a passées ensemble, quand ta femme était de garde à l'hôpital ? Et ces promesses… tu m'en faisais encore hier !

Sylvie, incrédule, s'éloigne un peu pour les embrasser d'un seul regard.

SYLVIE

Quoi ? Vous deux ? Vous…

Son index tendu va de l'un à l'autre. Alain a l'air consterné. Naima hausse les épaules.

NAIMA

Oui, nous ! Ne me dis pas que tu ne t'en doutais pas un peu… Mais je ne savais pas que ce n'était qu'une question de seins et de fesses pour monsieur. Je croyais…

Elle hésite, puis se tait.

SYLVIE
(regardant Alain)

Et ta femme ?

Alain hausse les épaules, contrarié.

C'est drôle, je venais juste de citer Descartes : « On n'a pas besoin de plus d'une moitié. » Apparemment, ce n'est pas ton cas !

NAIMA

Et c'est maintenant que monsieur révèle sa conception de l'amour ! C'était bien la peine !

SYLVIE
(sarcastique)

Bravo, Alain, tu as été très convaincant ! Et, surtout, un parfait goujat. Incroyable ! Tu aurais pu aussi lui mettre une gifle, carrément. Ou un coup de poing !

Elle sort. Naima veut la suivre. Alain essaie de s'interposer, elle le repousse violemment.

NAIMA
(furieuse)

L'épiderme… l'épiderme te dit : « Merde ! »

Elle sort.

ALAIN
(resté seul)

Ouf… Ça a marché. J'ai su saisir l'occasion… Ça a marché ! Ouf… Voici une rupture bien amenée. *L'Art de la rupture*... À toi, Ovide, par retour de courrier ! La vie va être plus simple à partir d'aujourd'hui… *(Il prend une craie et la fait sauter dans sa main.)* Tout ça n'allait nulle part, avec Naima… Qu'est-ce qu'elle a bien pu lire dans *La Prairie parfumée* de son cheikh Je-ne-sais-qui ? On n'était pas sur la même longueur d'onde… Jamais, jamais je ne me retrouverai dans une situation aussi fausse, aussi dangereuse ! *(Il sourit.)* Je vais aller acheter des fleurs pour ma femme. *(Il se dirige vers la porte pour sortir, puis se ravise et vient s'adresser au public.)* Quand une femme vous dit : « Parlez-moi d'amour », elle veut tout entendre, sauf une démonstration. *(Il sourit.)* L'art de la rupture, c'est de faire en sorte que ce soit l'autre qui en prenne l'initiative. Ainsi son amour-propre est sauf et cela vous évite des représailles. Qui sait jusqu'où aurait pu aller Naima si c'était moi qui avais rompu ? *L'Enfer n'a pas fureur pire que celle d'une femme dédaignée*... Je m'en suis tiré à bon compte.

Il salue sous les huées du public qui le bombarde de boulettes de papier.

Trois mensonges de Torrès

Torrès était le plus vil menteur de la planète ; du pays ; du moins de Casablanca ; en tout cas, de notre quartier.

On le voyait venir de loin, au *Café de l'Univers*. Petit, scrofuleux[1], dévoré de tics. On se disait :

— Tiens, Torrès.

Et on se carrait dans sa chaise (si dans une chaise se carrer on peut) et on attendait tranquillement qu'il arrivât, s'installât sans façons, commandât un « café cassé » ; se tût un temps ; caressât le chat ; et tout de suite après, après tous ces subjonctifs, l'aventure commençait :

1. Pas vraiment, en fait ; mais je ne sais pourquoi, l'adjectif « scrofuleux » me vient toujours à l'esprit quand je pense à Torrès. Il se peut qu'il ait eu de l'acné juvénile et que cela ait laissé des traces disgracieuses sur son visage, mais de là à parler de scrofule (« lésion d'altération de la peau et des muqueuses avec gonflement des ganglions lymphatiques du cou susceptible de produire des tumeurs et des ulcères »), non ; c'est sans doute exagéré.

— Les gars, jamais vous ne croirez ce qui vient de se passer.

Et c'étaient tout de suite des aventures étonnantes, la cinquième dimension, des impossibilités physiques, pis : logiques, des complications ahurissantes ; et Torrès, imperturbable.

Il nous raconta un jour que sa région natale, le Rif, était si pauvre dans les années soixante-dix qu'il avait vu, de ses yeux vu, un paysan labourer sa terre avec comme attelage un bœuf étique et un chien – oui, un chien : ouah-ouah. Faute de deux bœufs.

— Tellement nous étions pauvres.

Najib lui objecta qu'un tel attelage ne tenait pas le sillon. Le bœuf, même étique, étant plus haut d'encolure qu'un chien, fût-il danois, l'attelage devait pencher ; et donc l'araire tracer des cercles ; ce qui n'est pas sans intérêt quand on veut démontrer un théorème de géométrie devant des géants attentifs ; mais labourer ? En cercles concentriques ? On n'est pas chez les Incas, ou dans des mondes vus du ciel.

Sans se démonter, Torrès affirma que le laboureur avait pris soin de bâtir un petit muret parallèlement au sillon.

— Un muret ?

Le chien trottait menu sur le muret, le bœuf martelait la glaise, l'araire allait son erre, sans pencher, droit devant ; problème résolu.

Nous avalâmes quelques molécules de café en essayant d'imaginer cette scène digne des *Géorgiques* les plus échevelées. Clip-clop, clip-clop, clip-clop… Et puis non, quelque chose n'allait pas. Ce fut Hamid qui énonça l'objection en notre nom à tous :

— Mais que se passe-t-il quand l'attelage arrive au bout du sillon ? Il tourne ? Comment il fait ? Le chien saute du muret ? Et ensuite ? Y a un autre muret pour revenir ? Le champ est hérissé de mille murets parallèles ? Mille milliards de mille murets ! Ça me semble bizarre : elle pousse dans l'ombre, l'orge du gueux ? D'autre part, comment fait le bœuf ? Au retour, il a devant lui un petit mur, il monte dessus ? Mais alors l'attelage est de nouveau déséquilibré ? Ou alors le manant détruit les murets au fur et à mesure ? Il tient l'araire d'une main et de l'autre il abat les cloisons, et de la troisième il retient son pantalon ? C'est la déesse Kali ? Et on dit que l'agriculture manque de bras…

Il en fallait plus pour désarçonner Torrès le menteur. Il leva les yeux au ciel et mima l'incompréhension totale (on était pourtant dans *son* histoire).

— Je me suis posé la question comme vous, amis. Mais je n'ai pas eu la patience d'attendre. Je suis parti avant que l'attelage n'atteignît le bout du champ, au loin. Et puis, c'était presque l'horizon. Un soir de brume… L'angélus sonnait…

Et puis, m… à la fin !… en quoi cette histoire me concerne-t-elle ?

Grandiloquent :

— Est-ce à moi de résoudre les problèmes de ce bouseux ? Suis-je le ministre de l'Agriculture ? J'ai pas aut'chose à m'occuper ?

Et il flanqua une tape au chat, comme ça, sans raison. Renifla. Et nous entreprit sur nos mines malsaines.

*

* *

Un jour, alors que – justement – nous jouions avec le chat du *Café de l'Univers*, il se mit à émettre des tsss… tsss… méprisants, jusqu'à ce que Dadane, qui est susceptible et n'aime pas qu'on se gausse de ses activités philoféliniques, se tournât vers lui et protestât :

— Quoi, qu'est-ce qu'il y a ? Pourquoi émets-tu des tsss… tsss… méprisants ?

Torrès se fendit d'un sourire plein de commisération.

— C'est que je vous vois tout aise d'avoir apprivoisé un chat.

— Et alors ?

— Sans même relever deux détails importants, à savoir a) que les chats vivent en bonne intelligence avec l'espèce humaine depuis cinq mille ans et qu'il n'y a donc pas grand mérite à chatouiller un matou entre les oreilles sans qu'il en prenne ombrage, et b) qu'il n'est pas du tout certain que ces petites bêtes soient réellement apprivoisées, il se peut qu'elles ne nous considèrent que comme des garde-manger ambulants et que leurs miaulements ne signifient qu'une chose : « Sésame, ouvre-toi ! », en langage de chat ; donc, sans même relever ces deux détails importants et qui devraient suffire à effacer de vos trognes l'air faraud qui s'y peint, je voudrais vous raconter une aventure qui m'arriva...

— Nous y voilà...

— ... il y a quelques années du côté de Tinghir. Vous croyez avoir apprivoisé un chat, j'y ai envoûté une harde de sangliers.

Sensation au *Café de l'Univers*. Nous étions tout ouïe.

— Donc je me trouvais à Tinghir pour effectuer un remplacement au dispensaire...

Protestations de la foule :

— Mais tu n'es pas infirmier !

— Et alors ? Il n'y avait, à l'époque, que des cachets d'aspirine au dispensaire de Tinghir. Un de mes amis, Lkbir Lguerjouma...

— Quel nom bizarre !

— Imprononçable !

— ... s'y trouvait posté. Pauv'gars, il s'y ennuyait comme un rat mort. Un jour, rendu fou par l'oisiveté et le silence de la montagne, il voulut se rendre dans les Doukkala, sa région natale, pour passer une semaine au *moussem*[1] de Moulay Abdallah ; mais il avait dilapidé tous ses jours de congé. Il appela son supérieur qui résidait à Marrakech et celui-ci, bonne pâte, autorisa Lkbir Lguerjouma à aller s'éjouir au moussem de ses ancêtres à condition de trouver un remplaçant qualifié. Lkbir, plein d'espoir, lança un SOS auprès de tous ses amis. N'écoutant que mon bon cœur, je fus le premier – et le seul – à accepter de le remplacer au pied levé.

— Tu es un homme bon.

— J'suis né comme ça. Je prends donc le bus de Casablanca jusqu'au pied de l'Atlas, en prends un autre, puis un troisième, et me voilà infirmier à Tinghir, assis sur un stock d'environ dix mille comprimés d'aspirine et attendant de pied ferme le paysan migraineux. C'était une denrée rare…

— Tu en avais dix mille !

— Ce n'était pas l'aspirine qui était rare, idiot, c'était le bouseux-migraineux-qui-se-présente-au-dispensaire. Ces gens-là sont fatalistes, s'ils ont mal à la tête, eh bien ils prennent leur mal en patience. Ils souffrent en silence. À la limite, si la souffrance devient insoutenable, ils vont voir le

1. Grand rassemblement religieux qui donne lieu à toutes sortes de réjouissances.

fqih[1] du coin, lequel fqih leur confectionne un *hirz*, une amulette contenant un verset du Coran. Il la leur passe autour du cou, crache à gauche, crache à droite, leur donne quelques coups de bâton sur les fesses, récite la *fatiha*, et le paysan est délivré de ses souffrances. Appelez ça « autosuggestion », « placebo », « osmose culière » ou tout ce que vous voulez, ça marche. Et le fqih passe en ricanant devant le dispensaire où je me morfonds, assis sur mes sacs d'aspirine à chasser les mouches, l'air las et surqualifié.

— Je suis sûr qu'il te lançait des *regards torves*.

— Le moyen de l'en empêcher ? La superstition l'emporte toujours sur la science. Au bout de quelques jours, je prends l'habitude d'ouvrir le dispensaire une heure par jour, entre midi et une heure, par acquit de conscience. Ensuite de quoi, m'estimant libéré de mes obligations envers Tinghir et ses habitants, je chausse mes galoches les plus solides et je marche vers la montagne, un livre à la main. À nous l'air pur et le ciel d'azur ! Je pris l'habitude d'aller m'installer dans une anfractuosité...

— Répète ?

— Une an-frac-tuo-si-té. Donc je pris l'habitude d'aller m'installer dans une « cavité profonde et irrégulière » – compris ? – qui me protégeait des rayons du soleil et je me plongeais dans le

1. Voir la note p. 105.

livre de poche que j'avais pris. Au diable les culs-terreux ! Je passais des heures délicieuses dans la nature. Je croyais être absolument seul. J'ignorais que les collines de cette région étaient habitées par une population de sangliers. Au cours de ma troisième randonnée là-haut, et alors que l'endroit était devenu mien, en quelque sorte, alors que c'était devenu mon petit éden privé, voilà que je tombe nez à nez – ou plutôt nez à hure – avec un tout petit sanglier – disons, un marcassin – à l'entrée de ma grotte…

— *Ta* grotte ?

— C'est fou ce que l'homme est possessif. On croit que la nature nous appartient.

Torrès n'eut cure de nos remarques. Il continua :

— Le marcassin émet un petit grognement, je lui rends son salut (« Qu'est-ce que tu fais là, petit ? ») et nous restons silencieux, ayant épuisé tous les sujets de conversation. L'animal me regarde, immobile, et moi, je ne sais que faire. Je ne voudrais pas le brusquer – ma mission sur terre n'est pas de traumatiser les sangliers –, mais il bouche quand même l'entrée de mon abri. C'est alors que…

Torrès s'interrompit pour prendre une rasade de Youki-Cola à même la bouteille qui se trouvait là. Il s'essuya la bouche d'un geste mâle de cow-boy et haussa un peu le ton – on entrait dans le vif du sujet :

— C'est alors que je fis quelque chose d'extraordinaire. Sans savoir pourquoi, d'instinct, je plongeai la main dans ma poche et j'en sortis une poignée de cachets d'aspirine. C'était à ç't'heure ma seule richesse. J'en jetai quelques-uns devant la petite brute qui grogna de surprise, avança une trogne résolue vers les énigmatiques *cerclets*[1] blancs et hop ! te me les goba comme s'il n'avait fait que ça au cours de sa (jeune) vie. Il émit un petit rot de satisfaction et leva un museau heureux vers moi, moi qui restais là, fasciné, ayant bien conscience que j'assistais à... que dis-je ?... que je *menais* une expérience scientifique de premier ordre. Franchement, qui, avant moi, avait eu l'idée d'essayer de l'aspirine sur un *Sus scrofa*[2] ? La réponse est simple : *nobody*.

— Tu es le Louis Pasteur de Tinghir.

— Le bienfaiteur de nos amies les bêtes.

— Au bout d'une minute, le temps que l'acide acétylsalicylique ait fait son effet, le marcassin s'ébroue, me jette un dernier regard plein d'humanité – si j'ose dire – et s'en va en trottinant. Ma grotte est libre, hourra, et je peux lire tous les livres. Je m'installe dans mon *anfractuotruc* et je me plonge avec délice dans les aventures de Maigret et sa pipe. Quand le soir tombe, j'ai

1. Ce mot n'existe pas, inventons-le.
2. Nom binominal du sanglier (Linnaeus, 1758).

oublié mes tribulations cochonnes et je rentre tranquillement à mon dispensaire, heureux, en paix avec l'univers. Mais je n'étais pas au bout de mes surprises.

— Nous non plus.

— Le lendemain, ce n'est pas une mais *deux* bêtes qui bouchent l'entrée de la grotte. Je reconnais mon petit ami, mais holà ! qui est ce sanglier un peu plus âgé qui semble monter la garde à côté de lui ? Je m'avance un peu, plisse les yeux... C'est sans doute son frère aîné, ils ont un air de famille. Que diable me veulent-ils ? Je me creuse la cervelle quelques instants... et puis tout devient clair. C'est, en un mot, fabuleux ! Fabuleux ! Devinez, amis !

Nous faisons semblant de nous gratter l'occiput, nous consultons les nuages puis nous donnons notre langue au chat :

— On n'en sait rien.

— On ne connaît pas la psychologie des sangliers.

— On n'était pas là...

Torrès nous regarde avec un air de triomphe :

— Vous ne devinez pas ? (Sur un ton infiniment méprisant.) Vous êtes vraiment nuls. (Dédaigneux.) Moi, je l'ai vite compris. Écoutez ça : le marcassin et son frère aîné le ragot[1] venaient pour l'aspirine !!!

---

1. Jeune adulte mâle.

Boum ! Sans crier gare, l'histoire de Torrès était entrée dans le surréel. On a beau connaître l'animal (Torrès), ça surprend toujours. Nous le regardions, ahuris, ne sachant que dire, suintant l'incrédulité par tous nos pores. Il insista :

— Je vous le jure ! J'en ai la preuve. Ils semblaient attendre quelque chose. De nouveau, comme la veille, je plongeai ma main dans ma poche et leur lançai quelques comprimés. Mon petit ami et son velu frère bondirent sur les comprimés, les avalèrent d'une lapée et s'en allèrent, satisfaits, me livrant la place. J'avais payé mon écot.

Au *Café de l'Univers*, où nous avions pourtant entendu des histoires ébouriffantes au cours des années, ce ne fut qu'une clameur :

— Torrès, tu dépasses les bornes ! Tu as rêvé cela ! Des sangliers accros à l'aspirine ? À Tinghir ? Ça n'existe pas !

Il se fit un masque de vierge outragée.

— Hommes de peu de foi ! Vous ne croyez à rien, votre monde est terne, il y a pourtant des merveilles autour de vous et votre agnosticisme obtus vous empêche de les voir. Vous prétendez votre chat normal, comme s'il était normal d'avoir un petit tigre sur ses genoux ; vous causez tranquillement avec votre mainate, comme s'il était normal qu'un volatile se doublât d'un pipelet ; mais mes sangliers hypocondriaques n'existent pas ? Je me tais maintenant. À d'autres, à des qui-nerefuseraient-pas-l'enchantement, j'aurais raconté la suite, qui est encore plus extraordinaire.

Nous étions revenus à de meilleurs sentiments. Nous suppliâmes Torrès de continuer sa narration nonpareille. Il finit par la reprendre.

— Le lendemain, lorsque j'arrive là-haut, c'est toute une harde qui m'attend. Je reconnais sans peine mon jeune ami le marcassin au milieu d'une dizaine de sangliers, dont certains de belle taille, et qui me regardent tous comme les poules attendent la fermière, le matin, dans la basse-cour. J'ai prévu le coup, c'est tout un sac de plastique plein de cachets d'aspirine que je porte par-devers moi. Vlan ! Je leur en distribue une pleine poignée, du geste auguste du semeur, et la harde s'rue d'ssus. Puis, leur vice assouvi, les bêtes s'en vont.

Hamid protesta :

— Attends, on peut admettre, à la limite, que le marcassin soit revenu puisqu'il avait déjà goûté à la friandise mais les autres ? Tu imagines le petit décrire aux autres sangliers le goût de l'aspirine ? Tout cela avec des grognements ? Oiiink, oiiiink ?

Torrès écarta les bras dans un grand geste où s'exprimait l'incompréhension.

— Je me suis posé la question moi-même. Mais nous n'en sommes qu'au début des recherches concernant les effets de l'aspirine sur les bêtes sauvages. En tout cas, j'ai lancé l'étude, à d'autres savants de prendre le relais. Il y a des Nobel à rafler ! Pour ma part, j'ai continué de fournir sa came à ma harde, jusqu'à la fin de mon séjour là-bas. Cela m'a fait un bien fou, je me sentais enfin utile dans cette belle vallée du Todgha. J'ai interrogé habilement quelques chasseurs du coin ; jamais les sangliers n'ont été plus vifs, plus élusifs, plus difficiles à débusquer que cette année-là. Moi qui déteste la chasse, je ne suis pas mécontent d'avoir dopé mon marcassin et sa famille. Ils ont passé l'hiver.

Dadane fit la moue.

— En d'autres termes, tu as pris le parti des bêtes plutôt que celui des hommes, tes semblables, tes frères ? Il n'y a pas de quoi se vanter.

Torrès haussa les épaules.

— En quoi ces moujiks étaient-ils mes semblables ? Ils préféraient les niaiseries du fqih à mon aspirine, alors que les sangliers n'ont pas de fqih et qu'ils se ruent sur la médecine moderne dès qu'ils en ont la possibilité (c'est maintenant prouvé).

Sur un ton doctoral :

— Les animaux ne sont pas superstitieux, ce qui prouve qu'ils sont moins bêtes que nous. Franchement, je me sens plus proche d'un marcassin rationaliste que d'un péquenaud porteur d'amulettes.

Et il leva son verre de thé à la gloire de la science et des sangliers.

*
* *

Et puis, un jour, un des mensonges de Torrès prit une dimension imprévue. Tout avait pourtant commencé de la façon la plus banale. Nous étions au *Café de l'Univers* après la sensationnelle victoire de l'Olympique Boujniba sur le club des douaniers (8-0). Il interrompit nos considérations footballistiques (le terrain était lourd, l'arbitre un ennemi des gabelous, l'arrière-gauche miraud, etc.) pour nous annoncer qu'il avait commencé l'écriture de ses mémoires, à la demande, que dis-je, à la *supplication* unanime des éditeurs casablancais.

— Tes Mémoires vont éblouir l'humanité, affirma Hamid, l'air de n'y croire qu'à moitié.

— Sans aucun doute, confirma Torrès. Il m'est quand même arrivé des choses inouïes. Cela dit, je vais aussi rapporter des petits riens, des instantanés qui ne signifient pas grand-chose, mais qui restituent l'atmosphère d'une époque. Je vais vous donner un exemple. Vous en aurez la primeur. Il s'agit d'un taxi, une petite saynète un peu futile…

Nous commandâmes une tournée générale de Youki-Cola.

— C'était dans les années quatre-vingt-dix, à Agadir, se mit à narrer Torrès, au moment où le régime de Hassan II commençait à se libéraliser.

On respirait un petit air de liberté, des prisonniers avaient été élargis…

— On sait tout ça. Qu'est-ce qui t'est arrivé à Agadir ?

— J'étais dans un grand taxi, genre Mercedes à la retraite depuis la mort de Himmler. Je l'avais hélé (hello !) devant la préfecture. Fouette, cocher ! L'épave roulait déjà quand le conducteur se tourna vers moi et me demanda d'un ton rogue, rêche et peut-être même revêche où diable nous allions. Flottement momentané… C'est vrai, quoi, où allions-nous ? Je ne sus que lui répondre ; j'avais oublié et le nom de mon hôtel et son adresse. Impossible de me souvenir de l'un ni de l'autre ! Même la direction générale, l'azimut, m'échappait. C'était le trou noir. Le *taximan* la trouva saumâtre.

— Y sont comme ça.

— Il s'arrêta brusquement le long du trottoir, à la hauteur d'un bâtiment oblong et de couleur *bounni*, et refusa d'aller plus loin. J'eus beau parlementer, argumenter, rien n'y fit. « Je ne bouge pas, tonnait-il, avant de savoir où nous allons ! »

— L'a raison, le taximan. On ne peut pas aller à l'aventure avec un client derrière.

— Ça fait désordre.

— « Yé né bouge pas ! » tonnait-il…

— Ça se passe à Valparaiso, ton histoire ? D'où sort l'accent ibérique de ton chauffeur *soussi*[1] ?

— Qu'est-ce que j'en sais ? « Yé né bouge pas ! » bramait-il ; tant et si bien que je dus sortir du tacot, aller à pied jusqu'à l'hôtel sous un soleil de plomb (je vous rappelle qu'on est à Agadir), demander poliment à la réception quelle était leur foutue adresse puis revenir sur mes pas lui apprendre, au chauffeur irascible, que c'était au 148, boulevard Mohammed V ; et là, enfin, il consentit à m'y mener. C'est tout de même incroyable ce que les taximen étaient devenus exigeants ! On n'aurait pas vu ça dans les années soixante-dix, à l'apogée du règne de Hassan II. Je n'aurais eu qu'à exhiber mon ascendance chérifienne ou insinuer que j'étais un suppôt du *Makhzen*[2], le chauffeur m'aurait embrassé les deux mains et transporté sur son dos, si nécessaire, jusqu'aux confins. Mais un tacot qui s'arrête et refuse de faire son boulot ?

— Tout fout le camp.

— Je ne vous le fais pas dire. En tout cas, cette simple historiette, qui ne représente évidemment pas grand-chose dans la marche du monde, peut servir au sociologue attentif et à l'historien braudélien de repère chronologique – la césure qui marqua le passage de l'État d'exception à la démocratisation

1. Noble habitant du Souss, dans le sud du Maroc.
2. Voir la note p. 95.

du pays, elle se situe là. D'autre part, si les poissons pourrissent par la tête, chez nous l'anarchie s'installe par les chauffeurs de taxi.

C'était la double conclusion à laquelle voulait arriver Torrès, qui déteste depuis l'enfance les chauffeurs de taxi, on ne sait pourquoi. L'ayant atteinte, cette biconclusion qui mêlait l'Histoire aux taxis, il s'estima quitte de ses devoirs envers son public – nous autres – et entreprit, d'un doigt impérieux, d'arraisonner le Maure pour qu'il lui apporte un verre de thé, car il détestait le Youki-Cola.

Tout de même, un détail clochait dans cette histoire.

Najib murmura, sournois :

— Tu avais des bagages ?

Torrès tomba dans le piège.

— Non, je n'avais pas de bagages. Qu'est-ce que ça peut faire ?

Najib continua d'une voix plus forte et qui alla *crescendo*.

— Attends, attends… Tu es allé jusqu'à l'hôtel, dont tu ne connaissais pas l'adresse, mais soit : supposons que tu te sois orienté d'instinct, comme les abeilles. Et une fois là, tu notes son adresse, puis tu reviens vers le tacot pour qu'il te conduise… à l'hôtel ? Alors que tu n'avais pas laissé de bagages dans le tacot ? Mais c'est absurde. Tu y étais déjà, non, à l'hôtel ? Quel besoin de revenir instruire le taximan ?

Torrès regarda Najib d'un air rêveur. Cela dura quelques secondes. Puis il abattit son poing sur la table, ce qui fit miauler le chat de surprise.

— C'est exactement ce que je me suis dit, une fois le tacot réintégré. « Nom de nom, m'apostrophé-je, qu'est-ce que je fais ici ? À quoi rime cette histoire ? J'y étais déjà, à l'hôtel. Qu'avais-je besoin de revenir m'y faire transporter ? »

Il nous posa cette question d'un ton indigné comme si c'était nous les responsables des trous béants de son histoire. C'est tout juste s'il ne nous engu...lait pas. Mais il ne s'en tira pas aussi aisément. Nous le regardions, exorbités. Bon Dieu, Torrès, cette fois-ci, non, impossible, tu ne t'en sortiras pas. Impossible. Tu t'es enferré dans une boucle inconcevable. Le ruban de Möbius ! Houdini lui-même se noierait dans un mensonge aussi alambiqué.

Il avala une gorgée de café. Puis :

— Je n'étais pas au bout de mes surprises, amis. Arrivé à l'hôtel, je me dirige vers la réception, toujours abasourdi par mon incompréhensible bévue. On me reçoit de la meilleure façon – une jeune beauté berbère sortie d'un rêve d'orientaliste me sourit et me demande de remplir la fiche de police ; ce que je fais. Puis elle me dit :

— Vous avez oublié votre stylographe, hier. Le voici.

— Comment ça, *hier* ? lui demandé-je, en rempochant mon stylo. Vous voulez dire, il y a une demi-heure.

— Non, non, hier, quand vous êtes venu demander l'adresse de l'hôtel.

Hagard, je coasse :

— Mais, nom d'une pipe, hier, je n'étais même pas à Agadir. J'étais à Casablanca. C'est il y a, je le répète, une demi-heure que je vins m'enquérir de vot'localisation.

Un temps. La belle ne sourit plus. Elle m'examine comme si j'étais un cas, puis se tourne vers le concierge.

— Lhouari ? Ce monsieur (un doigt effilé me dénonce), il est bien venu hier ici ? Ou je me trompe ?

Le concierge m'étudie quelques instants d'un œil chargé de soupçons. Puis il se tourne vers la réceptionniste.

— Mademoiselle Hana, vous ne vous trompez jamais. Dieu vous préserve ! Vous êtes la perle de cette maison. C'est bien hier que cet honoré monsieur se présenta ici. Je n'ai pu entendre ce qu'il voulait, mais il est reparti après quelques minutes, l'air heureux et satisfait.

— Amis, jugez de ma stupéfaction, pis : ma sidération. J'avais l'air d'être tombé de la Lune. La dénommée Hana retrouva le sourire et me tendit la clé de la chambre 213. Elle me souhaita un bon séjour puis s'intéressa à un couple d'Allemands rubiconds. Le concierge s'était retiré dans son box, des Chinois s'annonçaient, on entendit un chien aboyer au loin...

— Laisse tomber le chien. Raconte la suite.

— Donc, j'empoche la clé de la chambre 213, je prends l'ascenseur, je sors au deuxième étage, je fais quelques pas, et là !

Il se tut et nous regarda, l'un après l'autre. On aurait dit qu'il avait peint sur son visage, à la truelle, les couleurs authentiques de l'épouvante.

— Là ! répéta-t-il d'une voix caverneuse.

— Là, quoi ? (Parleras-tu, misérable !)

— Eh bien, il n'y avait pas de chambre 213 !

— Comment ça ?

— Tu veux que je fasse la liste de tous les nombres ? Je commence au plus près de mon histoire : il y avait bien une chambre 211, une 212, une 214, une 215, etc. Après avoir parcouru le corridor de long en long (large il n'était pas), je redescendis à la réception où trônait Hana, icône de l'orientalisme et du Souss réunis.

— Monsieur ? s'inquiète-t-elle.

— Je m'inquiète encore plus que vous, mademoiselle, car vous m'avez donné la clé d'une chambre qui n'existe point !

La belle s'étonne. Froncement du plus beau sourcil des environs :

— Montrez !

J'exhibe la clé de la chambre 213 qui – ce n'est peut-être pas une coïncidence – est un nombre premier…

— Pardon, l'interrompt Najib, 213 n'est pas un nombre premier.

— Tu oses me contredire ?

— Les gars, on s'en fiche, affirme Hamid, on n'est pas à un congrès de matheux pustuleux ou de polytechniciens ou de jeunes Chinois ; continue, Torrès.

— Non, on ne s'en fiche pas, s'entête Najib. C'est sérieux, les nombres premiers. 213 est divisible par 3 et 71. C'est même le produit de 3 et 71. Vérifiez !

— T'es pas un peu autiste sur les bords ?

L'autiste marque un temps, le temps que l'insulte atteigne sa comprenette ; se demande ensuite si « autiste » est vraiment une insulte ; décide que oui ; se jette sur l'homme qu'indiffèrent les nombres premiers et te me lui met une claque, à quoi l'autre riposte d'un ongle griffeux, on est loin du crible d'Ératosthène, encore plus de çui d'Atkin ; tout cela pas très méchant au fond, c'est juste pour *marquer le coup* ; on les sépare à grand-peine.

Torrès rajuste sa liquette et continue son histoire :

— Donc je montre à Miss Agadir la clé et là… Attendez, je vais commander un autre café. Garçon !

Nous ne tombons pas dans le piège. Au lieu de gémir de curiosité, de quémander la suite, nous faisons mine d'être les types les plus patients du monde, l'un joue avec le chat qui ronronne (tiens, il est bien luné, aujourd'hui), l'autre consulte son horoscope dans *Le Matin du Sahara* (c'est le calque d'un horoscope vieux de vingt-cinq ans paru à l'époque dans *Femme d'aujourd'hui* (pour le coup, c'est plutôt *Femme de jadis*)), un troisième contemple le ciel bas et lourd qui n'existe que dans son imagination car il fait très beau, etc. Quand il sied à Torrès de reprendre sa narration, il prononce ce bel alexandrin :

— La jeune Hana se trouble en regardant la clé…

— C'est normal, c'est un symbole phallique, intervient Dadane.

— Mais non, crétin, c'est autre chose que des niaiseries de psy ! Je raconte l'histoire du siècle et tu me parles de Freud ! Si la jeune femme se trouble en regardant la clé, c'est pour une raison qui doit être assez extraordinaire, puisqu'elle reprend d'un geste nerveux l'objet, secoue sa (belle) chevelure et me dit ceci, à voix basse : « Ce n'est pas Bouchta qui vous envoie ? » Tel que ! Hein ? Ça vous en bouche un coin, non ?

Nous nous regardons, cherchant les uns sur les autres (et inversement) le signe annoncé par Torrès ; mais, à vrai dire, qui sait où est le fameux coin dont on prétend qu'il est bouché par la stupeur ? On dit bêtement, mécaniquement, parce que des générations l'ont répété : « Ça t'en bouche un coin. » Certes, mais lequel ? On a beau s'examiner, on ne voit rien.

Hamid est le premier à protester :

— En quoi est-il stupéfiant qu'une réceptionniste d'Agadir te demande : « Ce n'est pas Bouchta qui vous envoie ? » ?

— Ah oui ? Ça t'est déjà arrivé, toi ?

— Non.

— Aaaalors !

— Alors quoi ? Aucune réceptionniste d'Agadir n'a jamais murmuré à mon oreille : « Ce n'est pas Bouchta qui vous envoie ? » pour l'excellente raison que je n'ai jamais mis les pieds à Agadir.

— Dans ce cas tu es très mal placé pour en juger.

— Mais moi, intervient Najib, j'ai déjà été à l'hôtel à Agadir, et jamais... Attends, de toute façon tout cela nous éloigne du sujet. Continue.

— Donc, l'affolante créature...

— N'exagérons rien.

— ... se rend compte que je ne connais ledit Bouchta ni d'Ève ni d'Adam, puisque je reste là, bouche bée. D'un geste nerveux, elle escamote la clé de la 213, la glisse dans un tiroir, va prendre au tableau une autre clé, qu'elle me glisse dans la paume de la main, me sourit d'un air embarrassé, puis fait semblant de se plonger dans une espèce de grand cahier gris qui traîne par là, sournois. Le tout n'a pas duré dix secondes. Ce que j'ai en main, maintenant, amis, c'est la clé de la chambre 214.

— Y a un progrès.

— Pardon ?

— Oui, on est passé de 213 à 214…

— … qui n'est pas non plus un nombre premier puisqu'il est pair.

Torrès, d'habitude si placide, abat son poing sur l'espèce de guéridon hérissé de tasses et de verres, autour duquel nous nous agglutinons, et qui, cogné, tressaille.

— J'en ai assez de vos remarques oiseuses ! Je vous narre une mésaventure qui remet en cause tout ce que nous savons des lois de l'univers et vous me faites suer avec vos considérations arithmétiques !

— Oh là là, ç'qu'i s'énerve, lui… Bon, allez, continue…

— Armé de la bonne clé, je prends derechef l'ascenseur, j'en sors au deuxième étage, j'ouvre la porte de la chambre 214 en m'attendant au pire et…

Une gorgée de café.

— … et rien. Tout est normal, la moquette hideuse, les rideaux tristes, le minibar vide, le lit mou, le bureau trop étroit, la chaise branlante, le papier peint affreux, le ventilateur en panne. Tout va bien, quoi. Je m'étends sur le lit et me mets à réfléchir à mon étrange aventure. Il me fallut une bonne heure pour comprendre ce qui s'était passé.

— Et qu'est-ce qui s'était passé ?

Il nous regarda sévèrement.

— Vous n'avez pas compris, bande d'ânes ? Malgré tous les indices, les *fortuités*[1], les bizarreries ? Eh bien, je vais vous expliquer : ce sont les fameux *mondes parallèles* ! Ce que j'ai découvert, ce jour-là, à Agadir, c'est qu'il y avait, dans le Souss, un univers parallèle !

Stupéfaction générale autour du guéridon. Hamid est le premier à reprendre ses esprits :

— Un univers parallèle ? Tu veux dire, comme en physique ? dans les théories les plus étranges ?

— Tout à fait. Enfin, c'est une métaphore. Ou peut-être pas. C'est l'incertitude quantique.

— Créé par qui, l'univers parallèle ?

— Qui d'autrc quc la policc ?

Après nous être entre-regardés, nous hochâmes la tête d'un beau mouvement synchrone.

— Ah oui, bien sûr.

— En effet.

— Sans aucun doute.

Torrès continua :

1. Ce mot n'existe pas, mais impossible de faire entendre raison à Torrès, qui l'utilise régulièrement.

— La police gère un autre univers, parallèle au nôtre. Ce sont des chambres d'hôtel qui n'existent pas officiellement, y a des mots de passe (« C'est Bouchta qui vous envoie ? »), des gens qui arrivent avant d'être partis, d'autres qui existent à peine, des dates qu'on change exprès, etc. Quand la miss de la réception, rappelez-moi son nom…

— C'est *ton* histoire

— Ah oui, Hana… Quand Hana m'a rendu mon stylo en prétendant que je l'avais oublié « hier », vous comprenez qu'elle a eu le réflexe de ceux qui sont « dans le coup » ; pour signifier « il y a une demi-heure », ils disent « hier ». Pour dire « il y a vingt minutes », ils affirment « demain ».

— Attends, ce n'est même pas homothétique ?

— Bien sûr que non. Ce serait trop facile. N'oubliez pas qu'à l'époque dont je parle, on est encore sous Driss Basri[1], à une époque où il s'agit d'épouvanter le citoyen. Quand le langage devient surréaliste, le gueux est perdu. Littéralement perdu. « Maintenant », c'est « jamais ». « Là-haut », c'est « en bas ». « Avant-hier », c'est « Arrêtez-le ! ». Étonnez-vous qu'étant tombé par inadvertance

1. Né le 8 novembre 1938 à Settat (Maroc) et mort le 27 août 2007 à Paris, Driss Basri fut le plus fameux des ministres de l'Intérieur du règne de Hassan II. C'était l'exécuteur des basses œuvres du régime.

dans cet univers, il me soit arrivé des trucs *a priori* incompréhensibles comme cette histoire de taxi. Dès que j'eus mis les pieds dans l'hôtel, je fus pris dans les rets de ces mondes flous où la logique n'a plus cours ; je me suis donc comporté comme eux. D'où mon attitude totalement illogique de revenir au tacot pour réintégrer l'hôtel. Tout s'explique.

Et il cueillit d'un geste élégant quelques amandes grillées dans une écuelle que le Maure venait de déposer sur le guéridon ; et nous regarda d'un air de défi.

Incroyable mais vrai : Torrès était retombé sur ses pattes. Il lui avait fallu faire un long détour par la physique quantique, rien que ça, mais il y était parvenu.

Devant tant d'ingéniosité, nous ne fîmes ni une ni deux, nous nous mîmes à applaudir. Il se leva et salua, pendant que le chat battait le sol de sa queue.

*

* *

Après son départ (il avait rendez-vous avec l'archevêque de Casablanca), nous restâmes silencieux, méditant ce qui venait de se passer.

Tout de même, c'était extraordinaire.

De deux choses l'une, ou bien Driss Basri avait réellement mis en place un univers parallèle où le temps et l'espace étaient devenus des catégories *a priori* de la police. Ou bien Torrès était le plus fieffé menteur de l'univers. Dans un cas comme dans l'autre, nous étions fiers d'être les compatriotes d'hommes de cet acabit.

Bien sûr, s'ils avaient employé leur génie à résoudre quelques problèmes majeurs de notre pays comme la pénurie chronique d'eau potable, les épidémies de choléra ou la scolarisation des petites filles, au lieu de l'investir dans la police ou l'élucubration, c'eût été encore mieux. Mais on ne peut pas demander la lune. Avoir eu autrefois l'immense Basri, avoir aujourd'hui de minuscules Torrès (car il y en a dans tous les recoins), voilà qui suffit à nous rendre heureux.

Table

Table

Imprimé en France par CPI
en avril 2015

Composition réalisée par PCA, 44400 Rezé

Dépôt légal : mai 2015
N° d'édition : 54494/01
N° d'impression : 128347